David Samuel Thomas

Dylanwad Cymdeithasol Cristionogaeth

David Samuel Thomas

Dylanwad Cymdeithasol Cristionogaeth

ISBN/EAN: 9783337381776

Printed in Europe, USA, Canada, Australia, Japan

Cover: Foto ©Andreas Hilbeck / pixelio.de

More available books at **www.hansebooks.com**

DYLANWAD CYMDEITHASOL

CRISTIONOGAETH.

TRAETHAWD BUDDUGOL YN EISTEDDFOD Y GOR-
LLEWIN, YN RACINE, WIS., YN 1881.

GAN Y PARCH. DAVID S. THOMAS.

"Nid gwaeth y gwir er ei chwilio."—*Diareb.*
"Pryn y gwir, ac na werth."—*Solomon.*
"Ond y gras a'r gwirionedd a ddaeth trwy Iesu Grist."—*Ioan.*
"O herwydd paham, wrth eu ffrwythau yr adnabyddwch
hwynt."—*Iesu Grist.*

UTICA, N. Y.

T. J. GRIFFITHS, ARGRAFFYDD, 131 GENESEE ST.

1883.

I'R PARCH. H. O. ROWLANDS, A. M.,

AM EI WASANAETH CAREDIG I SICRHAU I MI DDERBYNIAD FEL MYFYRIWR I
BRIF ATHROFA MADISON, HAMILTON, N. Y., I DDERBYN ADDYSG
BAROTOAWL I'R WEINIDOGAETH EFENGYLAIDD; AC

I BWYLLGOR EISTEDDFOD Y GORLLEWIN YN 1881,

AM DDYCHWELYD Y TRAETHAWD I MI YN RHAD, I'R DYBEN IDDO GAEL MYNED-
IAD AT Y WERIN, YN HYTRACH NA GORWEDD YN EU COFFRAU,
FEL Y MAE ARFER RHAI; AC

I HOLL GEFNOGWYR LLENYDDIAETH GYMREIG,

A CHWENYCHANT CHWILIO AM Y GWIR,

Y CYFLWYNIR

Y GWAITH HWN AT EU GWASANAETH AC I'W NAWDD, GAN EU
HEWYLLYSIWR DA, YN OSTYNGEDIG,

YR AWDWR.

AT Y DARLLENYDD.

ANWYL DDARLLENYDD :

Dymunaf i ti sylwi ar y pethau canlynol fel cyfarwyddyd i ddeall y llyfr bychan hwn.

HANES Y TRAETHAWD.—Yn y flwyddyn 1881, yr oedd yr awdwr yn byw yn St. Clair, Pa., ac yn fugail ar eglwys y Bedyddwyr yno. Yn gynar yn y flwyddyn hono cyhoeddodd "Pwyllgor Eisteddfod y Gorllewin" hysbysiad am eu Heisteddfod flynyddol, yr hon oedd i'w chynal ar Nadolig y flwyddyn hono, yn Racine, Wis. Syrthiodd yr awdwr ar unwaith mewn cariad â thestyn y prif draethawd—"Dylanwâd Cymdeithasol Cristionogaeth," a phenderfynodd wneyd ei oreu i gyfansoddi arno. Felly y bu. Gwnaeth ei oreu ; casglodd ddefnyddiau o bob cyfeiriad posibl iddo; defnyddiodd yr oll at ei waith. Gorphenodd ei draethawd yn brydlawn, ac anfonodd ef i'r gystadleuaeth; ac anrhydeddodd y beirniad ei gyfansoddiad a'r gair BUDDUGOL; ac fel canlyniad, anfonodd yr Ysgrifenydd Gohebol, Mr. T. D. Howells, y wobr, ($20), i'r awdwr. Wedi i'r feirniadaeth ar y traethodau ymddangos yn y *Wasg*, ac i'r awdwr ddarllen tystiolaeth a deisyfiad y beirniad parth y traethawd buddugol, teimlai awydd am i gais Mr. Ellis gael ei sylweddoli. Felly yn mhen rhyw wyth mis wedi cynaliad yr Eisteddfod anfonodd yr awdwr gais at y Pwyllgor am iddynt gyhoeddi y traethawd neu ei ddychwelyd iddo ef ; a buont mor garedig a chaniatau i'r awdwr ei hun i'w gyhoeddi, a dychwelasant ef yn rhad ac am ddim.

NATUR AC AMCAN Y TRAETHAWD.— Nid yw yr awdwr yn honi fod y cyfansoddiad yn wreiddiol yn yr ystyr o *greu*. Ond hona ei fod, o ran cynllun a gweithiad allan, yn wreiddiol. Aeth i'r chwarelau i godi defnyddiau, cludodd hwynt adref, cabolodd hwynt yn briodol, a chysylltodd hwynt a'u gilydd yn adeilad, goreu byth y medrodd ei ddeall ei wneyd. Ni *chreodd* ffeithiau, eithr casglodd lawer o ffeithiau at eu gilydd, a chysylltodd hwynt yn y fath fodd fel ag i ddadblygu ffeithiau pwysig eraill i bryd-ferthu a chadarnhau yr adeiladwaith. Dyfynwyd yn helaeth o weithiau awduron hen a diweddar. Nid yw yr awdwr wedi gadael gosodiadau i ymddibynu ar ei farn ei hun yn unig; eithr dygodd amrywiol bersonau o wahanol dybiau crefyddol i dystio ar y materion dan sylw, ac i ategu ei osodiadau.

AMCAN y traethawd ydyw gosod allan yr hyn *sydd yn Gristionogaeth mewn gwirionedd*, rhagor yr hyn *a gymerir* gan lawer *yn gania-*

taol ei bod; a'r hyn y mae wedi wneyd, a'r hyn a wna bob amser i'r gymdeithas ddynol ar y ddaear—ei helfenau a'i dylanwad ar wahanol a holl gysylltiadau dynion a'u gilydd yn y byd sydd yr awr hon. Dymunir i'r darllenydd ddarllen yn ystyriol, gan wahaniaethu rhwng tybiau a ffeithiau, a rhwng haeriadau a phrofion. Barner farn gyfiawn.

YR AWDWR A'R BEIRNIAD.—Dymunir hefyd ar y darllenydd gofio mai cyfansoddiad *Eisteddfodol* ydyw hwn. Mae hyn yn cyfrif am fod yr awdwr wedi ymgadw rhag myned mor bell ag y dymunai gyda rhai materion. Nis gallasai newid y testyn, ac yr oedd yn rhaid iddo gyfyngu ei hun at y testyn, onide buasai allan o'r gystadleuaeth. Hefyd gorfu iddo ymgadw rhag ymhelaethu gormod, gan y buasai hyny yn myned yn faich rhy drwm mewn cystadleuaeth. Mae yr awdwr yn Fedyddiwr a'r beirniad yn Fethodist. Maent yn *ddyeithriaid i'w gilydd.* Cyflawnodd yr awdwr ei waith yn hollol wrtho ei hun. Ni welodd llygad un dyn arall y traethawd o'r dydd y dechreuwyd ef hyd nes iddo fyned i'r gystadleuaeth ; ac ni wyddai neb ond y Parch. D. Rhoslyn Davies fod yr awdwr yn cystadlu o gwbl, ac ni wyddai ef na neb arall pwy oedd "Credadyn" hyd nes y torwyd y sêl oddiar enw priodol yr awdwr wedi cyhoeddi "Credadyn" yn fuddugol. O ganlyniad, yr oedd yn anmhosibl i'r beirniad, pe yn ewyllysio, ddangos ffafr at yr awdwr fel *person.* A phe buasai yn gwybod pwy oedd "Credadyn," nid oedd dim yn y person i'w gymell i wyro barn yn ei ffafr Mae yn briodol i'r darllenydd gael gwybod y pethau hyn, gan fod beirniaid yn cael eu cyhuddo weithiau o ddangos gormod o gyfeillgarwch personol yn nghyfraniad y gwobrau. Yn awr, os ydyw cynal Eisteddfodau yn fuddiol, ac yn haeddu cefnogaeth y Cymry, dylid gosod pwys a gwerth mawr ar dystiolaeth y beirniad. Ac nid yw y dyn nad yw y genedl yn meddu ymddiried yn ei farn yn gyfaddas i fod yn feirniad eisteddfodol. Dylai yr Eisteddfod gyfoethogi ein llenyddiaeth, a dylai y werin fod yn barod i roesawu y cyfansoddiad a gymeradwyir iddynt o lys yr Eisteddfod. Ac am hyny, ac i wneyd prawf teg o safle llys yr Eisteddfod yn marn ein cenedl, yr ymgymerwyd â'r anturiaeth o gario allan gyngor beirniad y traethodau yn Eisteddfod y Gorllewin, 1881. Yn awr cyflwynir i'r darllenydd y feirniadaeth fel yr argraffwyd hi yn y *Wasg* am Chwefror 11, 1882.

"Y FEIRNIADAETH.

EISTEDDFOD Y GORLLEWIN, 1881.

BEIRNIADAETH Y PARCH. M. A. ELLIS, A. M., AR Y TRAETHAWD,
" DYLANWAD CYMDEITHASOL CRISTIONOGAETH."

At Foneddigion y Cyfeisteddfod:—Daeth pedwar traethawd i'n
llaw ar y testyn, "Dylanwad Cymdeithasol Cristionogaeth," y
rhai a arddelir gan y ffugenwau, Un yn ei Phroffesu, Magedon,
Blucher, a Credadyn. Ac ar amryw ystyriaethau adlewyrchant
oll yn dra ffafriol ar eu hawdwyr ac ar Eisteddfod y Gorllewin.
Ni raid cywilyddio o'n dal yn gyfochrog â chynyrchion unrhyw
Eisteddfod yn ystod yr ugain mlynedd diweddaf yn y T. U.
Ond tra yn dyweyd hyn mewn ystyr gyffredinol, eto golygwn
fod ynddynt eu diffygion yn gystal a'u rhagoriaethau mewn ys-
tyr arall fwy neillduol. Canmolwn y Cyfeisteddfod am ei
chwaeth a'i farn yn newisiad y testyn hwn, a chyngorwn ef i
gyhoeddi y traethawd buddugol yn llyfr mor fuan ag y gallo.
Mae ei angen ar yr oes Gymreig hon, a byddai yn golled fawr
iddi fod hebddo. Byddai yn llyfr i'r amserau, yn gystal a thâl a
chlod i Eisteddfod y Gorllewin am fod yn foddion i symbylu yr
awdwr, pwy bynag ydyw, i'w gyfansoddi. Nid ydym yn cofio i
ni ddarllen dim mewn cystadleuaeth erioed roddes fwy o fodd-
lonrwydd i'n meddwl na'r traethawd yr ydym yn awr yn cyfeirio
ato. (Gadewir y sylwadau ar y traethodau eraill, gan na pherth-
ynant i'r llyfr hwn.—D. S. T.) "Credadyn:" dyma un o'r
traethodau goreu a ddarllenasom erioed mewn cystadleuaeth.
Egyr yr awdwr ei faier yn oleu a dwfn, treiddiol a gorchestol.
Treigla wahanol eiriau y testyn i'w gwreiddiau, gan ddwyn i'r
golwg felly y rhedweliau yr â yr ystyr ar hyd ddynt. Try-
chwala yr oll i'w helfenau cyfansoddol; a dengys yn eglur fel yr
ymweithia yr elfenau hyny eilwaith ar a thrwy gymdeithas yn
ei gwahanol berthynasau. Y mae yr awdwr yn cario y darllen-
ydd gydag ef o'r dechreu i'r diwedd, gan ddangos iddo Ddylan-
wad Cymdeithasol Cristionogaeth, nes ei synu â mawredd Dwyf-
ol yn ymwneyd a dyn fel aelod cymdeithas. Nid ydym wedi
gweled dim eto yn y Gymraeg sydd yn ateb gwrthddadleuon ac
awgrymiadau dirmygus a chableddus Ingersoll ac eraill mor
ysgubellog a gorchfygol a'r traethawd hwn. Y mae hefyd yn
rhagorol mewn orgraff, ieithwedd, cystrawen, ac atalnodiant. Yr
unig beth, dybygwn, a boenai yr awdwr ydoedd yr ebychnod
"h." Syndod fod y peth bach gwael hwn yn gorchfygu cawr o
gyfansoddwr fel "Credadyn!" Yr ydym droion bellach yn ein
beirniadaethau, wedi rhoddi cyfarwyddiadau difeth tuag at
iawn ddefnyddio yr "h." Nid ydym, gan hyny, yn credu y
byddai yn fuddiol ymhelaethu ar hyn yn awr. Sonia " Credad-

yn " mewn un man am "greadur meidrol !" A oes creadur an-
feidrol ? I ba beth ynte, y cysylltir "meidrol" â gwrthddrych
nad yw, ac nas gall byth fod ond meidrol ? Priodol fyddai dy-
weyd ac ysgrifenu bôd meidrol am fod Bôd Anfeidrol. Haner gair
yn ddigon i gall fel "Credadyn." Galwn sylw "Credadyn"
hefyd at y defnydd a wna o'r ddau arddodiad "trwy" ac "yn"
yn yr adnod hono, "Duw, wedi iddo lefaru lawer gwaith a llawer
modd, gynt wrth y tadau trwy y prophwydi, yn y dyddiau di-
weddaf hyn a lefarodd wrthym ni yn ei Fab." Edryched "Cred-
adyn " i'r copi gwreiddiol a chenfydd mai yr un gair a gyfieithir
yn "trwy" ac "yn." "Yn" ddylasai ddefnyddio o flaen y
"prophwydi " fel o flaen y "Mab." Ac felly hefyd y gwneir yn
y cyfieithiad Seisnig diwygiedig. Tybiodd y cyfieithwyr Cym-
reig fod yn angenrheidiol gosod allan gyferbyniad rhagoriaethol
yn y cyfieithiad; am hyny, ysgrifenasant "trwy y prophwydi,"
ond "yn ei Fab." Felly hefyd "Credadyn" yn y traethawd
campus hwn.

Yn awr, yr ydym, heb ddim petrusder, yn dyfarnu traethawd
"Credadyn " y goreu yn y gystadleuaeth hon. Y maent oll yn
dda ; ond yn sicr, dyma y goreu. Haeddasai y wobr pe buasai
yn ddau can' dolar. Ac fel yr awgrymasom yn barod, y carem
yn fawr weled y gwaith penigamp hwn wedi ei argraffu; gwnai
lyfryn dros 200 o dudalenau deuddeg-plyg. Y mae yr oes mewn
angen am dano; a chredym y canmolir Eisteddfod y Gorllewin
gan filoedd am achlysuro ei gyfansoddiad, ac anrhegu y cyhoedd
ag ef. Hyn ar air a chydwybod, gan yr eiddoch yn wir,

M. A. ELLIS."

Felly, wele yr awgrymiad blaenorol o eiddo y beirniad wedi
cael ei ddwyn i weithrediad. Mae traethawd "Credadyn " yn
awr yn llyfr yn dy law. Gobeithio y cyflawnir prophwydoliaeth y
beirniad parth derbyniad y llyfr gan y cyhoedd.

Cywirwyd y gwallau orgraffyddol a nodid gan y beirniad. Gyda
hyn o eithriad, mae y gwaith mewn *print*, fel yr oedd mewn ys-
grifen yn y gystadleuaeth. Bwriadwyd ychwanegu ato nodiad-
au, ond barnwyd yn fwy priodol i'w anfon allan heb osod ato na
thynu oddiwrtho yr un frawddeg.

Yn awr, gyda theimladau diolchgar i'r Pwyllgor am ddychwel-
yd y traethawd i mi, yr wyt yn ymatal, gan adael y llyfr cyntaf-
anedig hwn i wneyd ei oreu yn nerth gwirionedd i oleuo dy ben
a chysuro dy galon. Ac os bydd darllen y llyfr hwn yn foddion
i gadarnhau rhyw un sigledig yn y ffydd, a lloni rhyw un pryd-
erus ac ofnus parth dyfodol llwyddianus Cristionogaeth, gall y
pwyllgor, y beirniad, a'r awdwr, gyd-lawenhau a'r darllenydd
hwnw, a bod yn ddedwydd yn y weithred o gyflwyno y rhodd
lenyddol fechan hon i'r cyhoedd.

Yr eiddoch yn ostyngedig, yr awdwr,
D. S. THOMAS.

Shenandoah, Pa., Chwefror 23, 1883.

CYNWYSIAD.

PENNOD VIII.

DYLANWAD CYMDEITHASOL

CRISTIONOGAETH.

RHAN I.—Y SYLFAEN.

Rhaglith.

Nid yw ffurf geiriad testyn y traethawd hwn yn egluro, ar yr olwg gyntaf arno, pa un ai dylanwad Cristionogaeth fel cymdeithas, neu ddylanwad Cristionogaeth fel cyfundrefn grefyddol ar gymdeithas, a olygir. Mae cymdeithasau lawer yn Gristionogol eu haelodau a'u hamcanion; ac y mae dylanwad mawr gan y grefydd Gristionogol ar gymdeithas. Ond gellir casglu oddiwrth natur pethau, mai dylanwad Cristionogaeth ar gymdeithas, yw y syniad y dymuna y pwyllgor i'r cystadleuwyr ymdrin ag ef yn benaf. Mae y testyn yn wir bwysig, a buddiol iawn yn ngwyneb cyflwr a thuedd feddylgar yr oes hon ; mae ynddo amcan i gael allan y gwirionedd ac i gywiro un o'r cyfeiliornadau mwyaf peryglus i gymdeithas yn y dyddiau presenol, parth cysylltiad

2

y grefydd Ddwyfol a chynydd moesoldeb,
dysgeidiaeth, a gwareiddiad y cyfnod Cristion-
ogol.   Mae anwybodaeth o'r gorphenol yn
rhwystr i ddeall gwerth y presenol; ac y mae
cam-ddeall Cristionogaeth yn arwain yr anys-
tyriol i gam-farnu ei dylanwad ar, a'i gwasan-
aeth i'r byd.   Ymdrechir yn y traethawd hwn
i gyfleu ffeithiau hanesyddol, a barnau person-
au teilwng o gael eu credu gan bawb, ar gyf-
rif eu cywirdeb, eu dysgeidiaeth, a'u profiad.
Rhaid deall y pwnc cyn y gellir ymgymeryd
a'i egluro yn iawn; dyma sylfaen safadwy pob
cyfansoddiad ag sydd yn werth ei ddarllen yn
ystyriol.   Ceisir deall geiriau ein testyn a'u
cysylltiadau a'u gilydd, cyn dechreu adeiladu,
a dymunwn i'n heglurhadaeth ar y testyn gael
ei gymeryd yn faen prawf i brofi cysondeb
ein hymdriniaeth a'r testyn.

PENNOD I.

Eglurhadaeth.

" Cristionogaeth" ydyw prif air ein testyn ; ac y mae o bwys neillduol i ddeall beth y mae yn olygu. Gan y bydd pennod arall yn ymdrin a'r gair hwn, bydd ychydig nodiadau arno yn ddigonol yma. Crist yw gwraidd y gair hwn ; ac y mae ei wreiddyn yn gyfystyr â'r gair Cymreig, Eneiniog ; cyfeiria at yr hwn y mynegwyd am dano gan brophwydi yr hen oruchwyliaeth fel Gwaredwr Israel, y Messiah, ac a anfonwyd gan y Tad i'r byd yn nghyflawnder yr amser, yn athraw, yn esiampl, ac yn iawn dros bechod ; ac wedi gorphen ei waith personol ar y ddaear, a gymerwyd yn ol i'r nefoedd, yn eiriolwr ar ddeheulaw Duw yn y goruwchleoedd. Cristionogaeth ydyw y grefydd ddwyfol yn yr hanfod a'r ffurf ag y dadblygwyd hi gan Iesu Grist, ynddo a thrwyddo ei hun, ei apostolion, a'i Ysbryd ; yr holl egwyddorion parth y mewnol a'r allanol o'r dyn, y tymorol a'r tragywyddol o'r creadur a wnaed yn "enaid byw ;" y gwybodus a'r annealledig o'r byd ysbrydol ; y gweledig a'r anweladwy o Dduw

—y cyfan o'r cyflawnder golud gras a gwybodaeth a geir yn nysgeidiaeth y dyn Crist Iesu, ac a gynwysir yn y Testament Newydd. Hyn, dim mwy a dim llai, yw Cristionogaeth. "Dylanwad" yw y gair nesaf ei bwysigrwydd yn y testyn. Dylanwad Cristionogaeth.

Dylanwad—"Dy" a "llanwad." Mae y rhagddawd "dy" yn dwyseiddio ystyr geiriau. Y mae llanwad yn deilliaw o llanw neu lanw, a'r terfyniad "ad," yn dangos fod y llanw wedi neu yn cymeryd lle. Y mae dylanwad, felly, yn golygu yr effaith a ddeillia oddiwrth fod un peth yn cynwys rhyw beth arall, a bod bodolaeth hwnw ynddo yn achos o'r effaith a elwir yn ddylanwad y weithred o roi y naill yn y llall. Y mae dylanwad yn gweithio yr hyn y mae ynddo, neu arno, i'w ffordd ef ei hun—llanwad i'r graddau nes llywodraethu, i raddau, yr hyn a lanwyd—llanwad wedi ei ddwyseiddio, nes mynu ei ffordd ei hun. "Dy, denoting force and iteration, and sometimes, continuance of action."—*Spurrell*.

Cyfieitha Spurrell " dylanwad" o'r gair "influence." A chyfieitha Caerfallwch " influence" yn dylanwad, cyffrawd, effeithiad, effeithiolaeth ; ac mewn ystyr ferfol, dylenwi, gogwyddo, tueddu, ac effeithio. Rhydd Webster yr eglurhad canlynol :

" Influence, in general, the bringing about of
an effect, physical or moral, by a gradual, un-
observed, and easy process; controlling power
quietly o'r efficaciously exerted; ability to move
or effect; tendency to produce a change or
effect; agency, force, or tendency of any kind,
whether physical on matter, or rational on
the intellect, emotional on the feeling, hyper-
physical, as of the stars, supernatural, as of God
or the Divine Spirit."— *Unab. Dict.*

Y mae "*Influence*" yn dod o ddau air Lladin,
" in" a "flux," rhediad i fewn. Yr un gwraidd
sydd i'r gair *afon* yn Lladin. Y darlun, felly,
a gyfleir gan *influence,* ydyw fod rhyw beth
yn llifo neu wedi llifo i mewn i beth arall nes
ei lenwi a chymeryd meddiant llywodraethol
arno. Dyna feddwl y gair dylanwad hefyd o
ran ei ffurfiad. Felly wrth ddylanwad
Cristionogaeth rhaid i ni ddeall yr effaith a
gynyrchodd neu a gynyrcha pa le bynag y bu,
neu y daw i gysylltiad â dyn. Y mae yr eg-
lurhadaeth yma ar y gair dylanwad yn naturiol
yn arwain y meddwl hyddysg yn y Beibl at
ddarluniad y prophwyd Ezeciel o Gristionog-
aeth, pan y mae yn son am y dwfr yn dod all-
an odditan riniog y ty, yn disgyn o du deheu
i'r allor, yn ffrwd gynyddol, yn myned yn fwy

fwy o hyd wrth fyned yn mlaen, ac "yn codi yn ddyfroedd nofiadwy," yn afon na ellid myned drwyddi; " yn peri tyfiant coedydd ar ei glanau, a bywyd ac iechyd pa le bynag yr oedd yn llifo." (Pen. 47: 1, &c.)

Hefyd yr addewid drwy y prophwyd Zech-ariah (14: 8), am y "dyfroedd bywiol yn dod allan o Jerusalem." Ac hefyd am eiriau gweledigaeth Ioan: "Ac efe a ddangosodd i mi afon bur o ddwfr y bywyd, dysglaer fel y grisial, yn dyfod allan o orseddfainc Duw a'r Oen." (Dat. 22. 1.)

Cristionogaeth yw yr afon yna, yn tarddu o ffynonell ddwyfol, yn llifo allan drwy y byd dynol, i blith pob llwyth a phobl, yn llanw y ddaear a'i dylanwad iachus a bywiol. Effaith dylifiad yr afon ddwyfol hon yw yr hyn a feddylir wrth ddylanwad Cristionogaeth. Effaith achosedig gan yr efengyl.

" Cymdeithasol" yw y gair nesaf, a'r unig air sydd heb ei egluro yn ein testyn. Neillduoli y gair dylanwad y mae y gair hwn. Gwneir ef i fyny o ddau air; "cym," gyda, a " teithio ;" gol-yga rifer anmhenodol yn teithio gyda eu gil-ydd, yn cyd-deithio yr un ffordd. Ond a gadael y ffigyr allan, a chymeryd gair arall cyfystyr i fewn, cydweithredu yw ei feddwl. Y mae ael-

odau o'r un gymdeithas yn proffesu eu bod o
ran y meddwl, y teimlad, neu yr amcan, yn
myned yn mlaen ar hyd yr un llwybr. Y mae,
felly, yn y gair hwn gyfeiriad at gysylltiad
neu gysylltiadau personau a'u gilydd. Cyf-
ieithir y gair " Cymdeithasol" o'r gair " Social"
yn Saesneg. Deillia "social," o *socius*— cydym-
aith. O ganlyniad awgryma duedd neu gym-
wysder i ymuno, neu uniad rhwng personau.
Gan hyny, gwelir mai y drychfeddwl yn y
gair cymdeithasol yw, y cysylltiad a fodola
rhwng gwrthddrychau a'u gilydd. Mae gan
y Saeson eu *sociology*, yn deillio o *socius*—cyd-
ymaith; ac o "*socio*," uno neu gysylltu, a
"*logos*," ymadrodd neu draethiad. Felly y
mae y gair Cymdeithasol, o ran ei darddiad, ei
ffurfiad, a'i ystyr gyfyngol a mwyaf priodol, yn
arwyddo athroniaeth cysylltiadau dynol, ac
yn cynwys pob peth a berthyn i ddyn fel per-
son yn ymwneyd a dyn arall. Eglur yw gan
hyny, fod Dylanwad Cymdeithasol Cristionog-
aeth yn golygu ei dylanwad ar ddynion yn eu
cysylltiadau a'u symudiadau meddyliol, dym-
uniadol, a chorphorol yn y byd. Nid yn unig
y mae dynion yn greaduriaid cymdeithasol eu
natur, ond hefyd y mae eu cyflwr yn y byd
yn eu gorfodi i fod yn gymdeithasol yn weith-

redol.   Y mae Guizot yn ei "History of Civil-
ization," yn dyweyd, "Cymdeithas, yn ei hystyr
helaethaf a mwyaf syml, yw y berthynas
sydd yn uno dyn wrth ddyn."   Cyfrol 4,
tu dal. 104.

Rhydd awdwr diweddar yr eglurhadaeth
yma: "Christian Sociology may, therefore, be
defined as the science of Christian society, or
as the science of that society which is con-
trolled by Christian principles."

Diamheu yn awr fod meddwl y testyn
yn ddigon eglur; y pwnc yn eithaf amlwg, fel
nad oes eisiau ychwanegu, ond yn unig dyweyd
mai ein hymholiad yw, Beth yw yr effaith a
garia y grefydd Gristionogol ar ddynion yn eu
gwahanol gysylltiadau â'u gilydd yn y byd
presenol — y modd y tuedda y grefydd
Gristionogol y naill ddyn i ymddwyn tuag at
y llall; a'r hyn y mae wedi wneyd eisioes yn y
byd, a'r hyn a wna yn y dyfodol, pa le bynag
y bydd—y canlyniad o'r Emmanuel—o ym-
gnawdoliad y Gair tragywyddol, mor bell ag y
mae a fyno dynoliaeth â dynoliaeth ar y ddae-
ar.   Bod dylanwad gan Gristionogaeth, sydd
eglur, bod y dylanwad hwnw yn effeithiol
iawn, sydd anwadadwy i'r deallgar a'r ystyr-
iol, a bod y dylanwad hwn yn llesol a ben-

dithiol, sydd wirionedd a ymdrechir ei ddang-
os yn y traethawd hwn. Nid amddiffyn dwyf-
oldeb yr Ysgrythyrau a Christionogaeth yw
amcan y gwaith hwn, ond nis gellir llai nag
ymholi a ydyw y brawddegau canlynol o
eiddo Col. R. Ingersoll yn wirionedd: "Afraid
yw chwilio i'r achosion a arweiniasant gynifer
o bobl i gredu yn ysbrydoliaeth yr Ysgrythyr-
au. I'm meddwl i, yr oeddynt yn llawer a
chyfeiliornus; ac y mae y cyfeiliornad, mewn
myrdd o ffyrdd, wedi rhwystro gwareiddiad
dyn. Y mae y Beibl wedi bod yn dwr ac am-
ddiffynfa i bob trosedd braidd." Y mae Mr.
Ingersoll yn cyhuddo Duw o ddysgu aml-
wericiaeth, caethwasiaeth, llofruddiaeth "a'r
trechaf treisied" mewn rhyfel, i lwyr ddyfetha
y gwan. Bod y pethau atgas yna mewn ar-
feriad i raddau yn mblith y genedl Iuddewig
sydd wirionedd; ond nid y Datguddiad Dwyf-
ol ddysgodd y pethau hyn iddynt. Mae hyn
yn eglur, yn ol cyfaddefiad Mr. Ingersoll ei
hunan, waeth dywed, "Y mae y cenedloedd a
arferant y pethau hyn heddyw yn cael eu
hystyried yn anwariaid." Ac yn mhellach
cydnabydda Mr. Ingersoll, fod y cenedloedd
eilunaddolgar, y rhai na wyddent ddim am
"Ddatguddiad Dwyfol," yn arferyd y pethau

hyn yn amser Moses a'r prophwydi. Felly,
nid dylanwad y grefydd ddwyfol gynyrchodd
y rhai hyn, er eu bod, drwy hir amynedd
Duw, a'i anchwiliadwy ddoethineb, wedi cael
eu caniatau dros amser, ac ar wahanol am-
gylchiadau, i'r genedl Iuddewig.   Eithr nid
cynyrch meddwl a *dymuniad* calon yw *goddef-*
iadau person. Gan fod y pethau yma yn
gyffredin yn mhlith anwariaid anwybodus o
Ddatguddiad Dwyfol, onid naturiol yw i ni
briodoli eu bodolaeth i ddylanwad gallu a
thuedd o'r un natur a hwy eu hunain, yn hyt-
rach nag i Fôd o natur hollol wahanol iddynt?
Onid oes deddf yn natur, fod pob peth yn cen-
edlu ei ryw ? Os yw y ddeddf hon yn gywir,
rhaid fod Duw yn ddrwg cyn y gallai gyn-
yrchu drwg. Ond Duw *da* yw Duw Cristion-
ogaeth, ac y mae yn rhaid i ni gymeryd Crist-
ionogaeth yr hyn yw, a'i Duw ei hunan gyda
hi, ac nid un Duw o nodwedd wahanol ; felly
nis gall fod yn dad i weithredoedd anghyf-
iawn a drwg. Ac y mae awdwr Cristionog-
aeth wedi rhoddi rheol wrth yr hon y dylid
barnu pob peth, a rheol gyfiawn ydyw; " Wrth
eu ffrwythau yr adnabyddwch hwynt." Y
mae y rheol hon i gael ei defnyddio genym
wrth farnu Cristionogaeth.

PENNOD II.

Elfenau Dylanwad Cristionogaeth.

Yr ydys yn deall pa ddylanwad a gynyrcha gwahanol ddefnyddiau ar bethau, drwy gael allan natur y pethau, a'r elfenau a gynwysir yn y defnyddiau eu hunain. Hyn ydyw safon cyfarwyddyd y fferyllydd, y lliwiwr, a'r meddyg, wrth gymysgu elfenau, darpariadau lliwiol, a chyfferi i amcanion penodol. A diamheu fod y Fferyllwr mawr, y Lliwiwr Dwyfol, a'r Meddyg anffaeledig, wedi gweithredu yn ol y rheol hon wrth roddi Cristionogaeth i'r byd: cynwysa yr elfenau angenrheidiol, sicr i gyrhaedd yr amcan, i gynyrchu yr effaith, ac i gario y dylanwad bwriadedig ar ddynoliaeth. Mae llawer wedi ceisio cyfrif am ddechreuad Cristionogaeth, heb ganiatau cywirdeb yr hanes a geir yn y Testament Newydd. Ond y mae pob ymdrech anffyddol hyd yn hyd wedi methu boddloni y deall dynol, darbwyllo ewyllys y myfyrgar, ac argyhoeddi rheswm y diragfarn; cydnabydda hyd yn nod wadwyr yr Ysgrythyrau, nas gellir yn hawdd a chyson â hanes gyfrif am ddechreuad a dylanwad

Cristionogaeth heb gredu, i raddau, yr Efeng-
ylau.

Mae llawer afon a'i dechreuad yn guddied-
ig; ffrydia o'r mynydd neu o'r graig, daw all-
an yn ei nerth i olwg dyn, ar ol llifo yn dan-
ddaearol am bellder maith drwy ffordd anhys-
bys. Ond y mae y fferyllydd yn medru profi
ei bod o'r môr, a deall natur y rhedweliau y
treiglodd drwyddynt, drwy ddadansoddi ffrwd
yr afon i gael allan yr elfenau a'i cyfansodda;
ac y mae yn alluog i brophwydo pa fath ddy-
lanwad a garia ar y tir a'r wlad y rhed drwy-
ddynt. Mae cyflawnder a pharhad yr afon yn
profi ei bod a'i ffynonell yn y môr, er nas gall
deall a rheswm dyn ddilyn ei llwybrau yn ol
i'w dechreuad. Felly yr afon fawr Gristionog-
ol; gwelir hi yn dod allan o fynydd Duw, o
Graig yr Oesoedd, Crist; Emmanuel yw ym-
ddangosiad cyntaf yr afon i ddyn; y cuddied-
ig yn dod yn weledig. Mae cyflawnder didrai
yr afon hon yn profi ei dyfodiad o'r môr Dwyf-
ol; ac y mae yr athronydd crefyddol, wrth
ddadansoddi y ffrwd, yn cael allan yr elfenau
a gyfansoddant yr afon, a'r dylanwad tebygol
a effeithia ar y byd. Er na ellir egluro ei
threigle o'r dechreuad yn ol i'w ffynonell, ac
amgyffred y dirgelwch o'i dyfodiad allan yn

Bethlehem, eto, y mae ei helfenau yn profi ei bod o'r môr Dwyfol, a natur y rhedweliau y daeth drwyddynt. Ac ar ol i ni gael allan yr elfenau hyn, bydd yn hawdd i ni farnu yn lled gywir, y dylanwad a garia yn y byd ar ei thaith yn mhlith y cenedloedd.

Y mae Cristionogaeth yn fwy na dim a fu yn y byd o'i blaen; mae hyn yn eglur yn ei dylanwad gorchfygol. Wrth sylwi ar elfenau dylanwad cymdeithasol Cristionogaeth, ni raid i ni sylwi ar bob elfen a berthyn i grefydd Crist, ond yn unig yr elfenau a effeithiant ar gysylltiadau dynion a'u gilydd—yr egwyddorion cymdeithasol eu tuedd. Mae Cristionogaeth yn grefydd, ac fel pob crefydd arall, medda wrthddrych i'w addoli—Duw. Dyma yr elfen wreiddiolaf, yr elfen hanfodol i grefydd. Mae Duw Cristionogaeth yn wahanol i holl dduwiau cenedloedd paganaidd y byd a'r oesau. Duwiau cyfyngedig eu presenoldeb, eu gallu, a'u gwybodaeth, oeddent hwy; amrywiol eu natur, eu cymeriad, a'u chwaeth. Ond am Dduw Cristionogaeth, Duw anfeidrol, holl-bresenol, a holl-wybodol yw efe; sefydlog, a pherffaith, pur a chyfiawn, a dywedir ganddo: "Byddwch sanctaidd, canys sanctaidd ydwyf fi." Nid gwiw ceisio gwthio

Duw gwahanol i hwn ar Gristionogaeth ; ni pherthyn iddi.

Mae yn Nghristionogaeth hefyd Dduw mewn cnawd ; Duwdod mewn undeb a dynol-iaeth ; cynrychiolydd dynol ar yr orsedd Ddwyfol. Mae hefyd faddeuant rhad am bechod ar gyfrif iawn anfeidrol, ac aberth gor-phenol ar gyfer yr holl fyd, yn y grefydd Grist-ionogol ; mae ynddi fodd i dawelu cydwybod dyn euog.

Mae hefyd Ysbryd Dwyfol i ymwneyd ag ysbryd dyn, yn allu mewnol yn y Cristion. Ac y mae etifeddiaeth anllygredig, a dihalog-edig a diddiflanedig, yn nghadw yn y nefoedd, i'r Cristion ar ol marw yma, yn gymelliad iddo i fyw yn dduwiol yn y byd sydd yr awr hon. Mae y pethau hyn yn elfenau pwysig iawn yn nylanwad cymdeithasol Cristionog-aeth. Ond wrth ddadansoddi y dylanwad yn fanylach, cawn yr elfenau canlynol :

Cariad. Y brif elfen o egwyddor yn Nghristionogaeth yw cariad : " Duw, cariad yw." Teimlad o anwyldeb yw cariad. Mae cariad yn egwyddor sylfaenol yn hanfod Crist-ionogaeth. Cariad yw ei ffynonell ; trwy gar-iad y dadblygwyd hi. " Felly y carodd Duw y byd fel y rhoddodd ei unig-anedig Fab."

"Yn hyn yr eglurwyd cariad Duw." I'r dyben o ddangos a phrofi fod cariad yn elfen fawr a phwysig yn y grefydd Gristionogol, sylwn ar ddysgeidiaeth yr Athraw Mawr. Gofynwyd i Iesu, pa un yw y gorchymyn mawr yn y gyfraith? Hyny yw, beth yw y brif elfen grefyddol, yn ol barn Iesu. Ei atebiad parod oedd: "Ceri yr Arglwydd dy Dduw a'th holl galon, ac a'th holl feddwl, ac a'th holl enaid." "Hwn yw y cyntaf, a'r gorchymyn mawr. A'r ail sydd gyffelyb iddo; câr dy gymydog fel ti dy hun. Ar y ddau orchymyn hyn y mae yr holl gyfraith a'r prophwydi yn sefyll." Mat. 22: 36—41.

Mae Crist, yn nameg y dyn a syrthiodd yn mhlith lladron ar y ffordd i Jericho, wedi egluro y gair *cymydog*—dyn mewn angen. Mae Crist yn golygu i'w atebiad i'r cyfreithiwr parth y gorchymyn mawr, fod yn atebiad cywir a pharhaol; waeth cawn yr un elfen, cariad, yn cael ei mawrhau ganddo yn neillduol yn efengyl Ioan a'r Epistolau. "Gorchymyn newydd yr wyf yn ei roddi i chwi, ar i chwi garu eich gilydd. Wrth hyn y gwybydd pawb mai dysgyblion i mi ydych, os bydd genych gariad at eich gilydd." Ioan 13: 34—36.

"Dyma fy ngorchymyn i, ar i chwi garu eich gilydd, fel y cerais i chwi." Ioan 15. 12.

"Na fyddwch yn nyled neb o ddim ond o garu bawb eich gilydd : canys yr hwn sydd yn caru arall a gyflawnodd y gyfraith." Rhuf. 13 : 8.

Dengys yr Apostol fod cariad yn tueddu i lesoli bob amser; ac os bydd dyn yn caru, na throsedda un o'r gorchymynion perthynol i gymdeithas, neu sydd yn dal cysylltiad rhwng dyn a dyn. "Canys cariad ni wna ddrwg i'w gymydog : am hyny cyflawnder y gyfraith yw cariad." Rhuf. 13 : 10. Wrth adfeddwl ar y dy- wediadau hyn o eiddo Crist a'r apostol Paul, gwelir yn eglur fod cariad at Dduw a dyn— cariad cyflawn yn y galon, yr enaid a'r medd- wl, cariad yn yr oll o'r dyn, yn brif elfen, ac yn elfen lywodraethol yn y grefydd Gristion- ogol.

Fel yr oedd Napoleon I. yn ymddyddan a'i swyddogion milwrol un diwrnod, cydnabydd- ai ragoriaeth Cristionogaeth fel terynas ar eiddo pob teyrnas arall.   Dywedai :

"Darfu i Alexander, Cæsar, Charlemagne, a minau, sefydlu ymerodraethau mawrion ; ond ar beth yr oedd creadigion ein hathrylith yn ymddibynu ?   Ar allu, nerth.   Iesu yn unig sydd wedi sefydlu ymerodraeth ar gariad, ac hyd yn nod y dydd hwn, y mae miliynau yn barod i farw drosto."

Cymwynasgarwch. Nid yn unig y mae cariad yn yr efengyl, ond hefyd y mae cariad yn elfen weithredol—trugarog i'r angenus, hyd yn nod i'r annheilwng.

Mae hyn yn dod i'r golwg yn y pethau a ddysgir gan Gristionogaeth i'w deiliaid weddio am dynynt: "A maddeu i ni ein dyledion, fel y maddeuwn ninau i'n dyledwyr; ac nac arwain ni i brofedigaeth, eithr gwared ni rhag drwg." Mat. 6 : 12, 13.

Y mae y grefydd ag sydd yn dysgu ei phrofeswyr i weddio fel yna o flaen Duw holl-wybodol a holl-ddigonol, i'w hateb yn ol eu dymuniad, yn rhwym o gario dylanwad da ar y byd er lles cymdeithas. Mor fynych y trosedda dynion yn erbyn eu gilydd—y fath dywallt gwaed sydd wedi cymeryd lle er mwyn dial! O ddiffyg ysbryd maddeugar yn y galon, difrodwyd gwledydd, dymchwel-wyd teyrnasoedd, a difawyd â min y cleddyf dyrfaoedd dirif o'r teulu dynol.

Mae yr elfen faddeugar yn cael lle pwysig yn y grefydd Gristionogol. Dysg ddyn i ym-ddwyn at ei droseddwr fel y dysgwylia ef i

3

Dduw ymddwyn tuag ato yntau fel trosedd·
wr. Y mae maddeuant Cristionogol wedi
claddu llawer ymrafael yn medd ebargofiant;
"Nac ymddielwch, rai 'anwyl." "Tyner ym·
aith oddiwrthych bob chwerwedd, a llid, a
dig, a llefain, a chabledd, gyda phob drygioni.
A byddwch gymwynasgar i'ch gilydd, yn
dosturiol, yn madden i'ch gilydd, megys y
maddeuodd Duw er mwyn Crist i chwithau."
Felly yn ngwyneb y ddysgeidiaeth hon, nid
teg awgrymu, wrth weled rhai personau dig·
ofus, ac eglwysi ymrafaelgar, fod y grefydd
Gristionogol yn effeithio i wneyd dynion yn
ddialgar a chynenus. Diffyg Cristionogaeth
yn y galon yw yr achos fod dyn yn methu
maddeu, fod dyn yn ymrysongar.

Mae cariad Cristionogaeth yn un haeliou·
us; yn gyfranyddol: "Eithr yr hwn sydd
ganddo dda y byd hwn, ac a welo ei frawd
mewn eisiau, ac a gauo ei dosturi oddiwrtho,
pa fodd y mae cariad Duw yn aros ynddo ef?
Fy mhlant bychain, na charwn ar air, nac ar
dafod yn unig, eithr mewn gweithred a gwir·
ionedd." 1 Ioan 3 : 17, 18.

Yr oedd hen grefydd yr Aipht yn peri i'r
Aiphtiaid fod yn ddiolchgar, parchus a char·
iadus i'w gilydd, yn enwedig i'w breninoedd;

ond ymdodda caredigrwydd yr Aiphtiaid yn ddim o dan ddylanwad caredigrwydd Crist-ionogion.

Gwirionedd sydd elfen arall alluog iawn yn y grefydd Gristionogol. Ni wyddai Pilat beth oedd gwirionedd, er fod corphoriad o'r gwirionedd yn ei ymyl. "Myfi," ebe Iesu, "yw y gwirionedd." Mae gwirionedd yn brif beth dysgeidiaeth, · yn graig doethineb, ac yn sylfaen gwybodaeth. Mae yn elfen barhaol ac anghyfnewidiol; yn elfen werthfawr a gorchfygol, ac yn un o hynodion elfenawl Cristionogaeth. "Y gwirionedd a'ch rhydd-ha chwi" oddiwrth bod cyfeiliornad. Bu enwogion yn y byd cyn Crist; bu athronwyr dysgedig yn chwilio yn awyddus iawn am wirionedd yn mhob man y gallent, ond ni chawsant ond megys cipdrem ar ei fawrhydi. Chwiliodd Justin Merthyr am wirionedd, mewn amrywiol gyfundrefnau; ac wedi methu cael gafael arno yn un man arall, daeth i'w geisio yn nghrefydd Iesu Grist, a chafodd afael ynddo, ac fel canlyniad geilw Grist yn "Athraw Gwirionedd."

Bu Athenogoras, athronydd mawr yn Ath-ens, yn parotoi ymosodiad ar Gristionogaeth; ac i'r dyben o wneyd ei waith yn fwy medrus

a gorchestol, myfyriodd Gristionogaeth ei
hunan, ac er ei syndod daeth o hyd i'r gwir-
ionedd yn yr hyn a dybiai nad oedd ond
ffug a thwyll. Gorchfygodd gwirionedd ef,
fel nad allai lai na chofleidio Cristionogaeth
am mai gwirionedd yw.

"Y gyfraith a roddwyd trwy Moses;"
aeth ef i Sinai i'w derbyn, "ond y gras a'r
gwirionedd a ddaeth trwy Iesu Grist." Er
cymaint o chwilio a beirniadu sydd wedi bod
ar grefydd y Groes, y mae yn aros yr un drwy
yr oesau; er cynydd gwybodaeth wyddonol,
nid oes un ffaith yn natur yn cyfeirio at an-
wiredd yn Nghristionogaeth—mae yr oll yn
cydnabod mai gwirionedd yw.

Dywedai Tertullian: "Medr Cristionog-
aeth roi llygaid i adnabod gwirionedd, i'r dyn
gwrteithiedig, a gam-arweiniwyd gan gau-
ddysgeidiaeth." Dywedai yr athronydd en-
wog, Proff. J. H. Schollen, Leyden. "Crist
yw y llygad-feddyg, yr hwn sydd yn agor i'r
gwirionedd lygad y rheswm dynol a dywyll-
wyd gan bechod, fel ag i'w alluogi i weled yn
eglur ogoniant Duw yn ei weithiau." Prawf
eglur iawn o ymlyniad Cristionogaeth wrth
wirionedd, yw fod dau bwyllgor cyfansodded-
ig o brif ddysgedigion Lloegr ac America, wedi

treulio deg mlynedd i ddiwygio y cyfieithiad
Seisnig o'r Ysgrythyrau sanctaidd, yn rhad ac
am ddim ; a bod tair miliwn a haner o gopiau
o'r Testament Newydd yn ei ddiwyg newydd
wedi cael eu gwerthu mewn llai na mis o amser
wedi i'r argraffiad gael ei roi yn y farchnad.
Cael allan y gwirionedd a rhoi y gwirionedd
hwnw i eraill, oedd prif gymellydd y dysged-
igion hyn.

Mae gwirionedd Cristionogaeth, mor bell
ag y gellir, i gael ei gyfranu i'r byd Yr oedd
Crist yn dysgu y bobl fel un ag awdurdod
ganddo. Gorchymynodd i'w ganlynwyr fyn-
ed i'r holl fyd a dysgu yr holl genedloedd.
Mae hyn yn awgrymu fod Cristionogaeth
yn cynwys gwybodaeth ; addysg i'r deall, gol-
euni i'r meddwl. Ond nid cyfundrefn o eg-
wyddorion gwybodaeth yn unig yw Cristion-
ogaeth, mae ganddi fwy na gwybodaeth. Mae
ynddi fywyd. Mae egwyddorion gwybod-
aeth yn dda a nerthol, ond y maent yn rhy
wan ac anfedrus i orchfygu pob rhwystr, a
dadblygu yr oll o'r dyn. Mae athronwyr
ac athroniaeth, dysgedigion a dysgeidiaeth,
athrawon, ac athrawiaethau, yn cymeryd i
fewn wahanol gangenau gwybodaeth, wedi
bod, ac eto yn bod yn y byd ; ond y mae eg-

wyddorion noeth gwybodaeth, diwylliant meddyliol coeth, a gwrteithiad gorchestol y deall, wedi troi yn fethiant hollol i wareiddio, moesoli, a dwyn allan ardderchogrwydd arglwydd daearol y greadigaeth. Pe na byddai Cristionogaeth ond gwybodaeth, cyfundrefn o egwyddorion, byddai yn sicr o gael ei gorchfygu gan y byd, cnawd a diafol. Ond y mae elfen nerthol a gorchfygol yn y grefydd hon— bywyd. Heb fywyd, ni wneir dim parhaol. Daeth Crist nid yn unig ag egwyddorion, gwirionedd, gwybodaeth ddwyfol, i'r byd, ond hefyd daeth ag elfen ysbrydol bywyd newydd. "Mi a ddaethum," meddai, "fel y caent fywyd, ac y caent ef yn helaethach" "Genyt ti y mae geiriau y bywyd tragywyddol," oedd tyst- iolaeth ei ddysgyblion. "Mae yn rhaid eich geni chwi drachefn." "Yr hwn sydd yn credu ynof fi y mae ganddo fywyd tragwydd- ol." "Myfi yw y ffordd, y gwirionedd a'r *bywyd*," yw ei athrawiaeth ef.

Medda Cristionogaeth, "yr ysbryd yr hwn sydd yn bywhau; y cnawd nid yw yn lleshau dim: y geiriau yr ydwyf fi yn eu llefaru wrth- ych, ysbryd ydynt, a bywyd ydynt." Pe byddai honiadau Baur a'i ganlynwyr, yr ysgol Tubingenaidd, yn wirionedd, sef bod Cristion-

ogaeth wedi cael ei helfenau o Judayddiaeth
a Phaganiaeth,—gorchymynion y gyfraith
Foesenaidd, athroniaeth Groeg, a chyffredinol-
rwydd llywodraethol ffurf llywodraeth Rhuf-
ain, eto ni fuasai hyn yn cyfrif am y *bywyd* y
sonia Crist gymaint am dano. Mae bywyd
Cristionogaeth yn fywyd newydd i'r byd, ond
yn fywyd ag sydd tu draw i eglurhadaeth
ddadansoddol fferylliaeth hanesiol. "Yr ys-
bryd creadigol oedd yn Iesu yw egwyddor
uwch-hanesiol a dwyfol Cristionogaeth."—*Old
Faith in New Light, p.* 194.

Cylch eang ei gweithrediad. Ystyriai y
Groegwr bawb tu allan i'w genedl ei hun yn
"farbariaid." Diolchai Socrates i'r duwiau
yn ddyddiol am ei wneyd yn ddyn, ac nid an-
ifail; gwryw ac nid benyw; Groegwr ac nid
barbariad. Yr oedd y Rhufeinwr yn cyfrif
pawb nad oedd yn yr un cysylltiadau gwladol
ag ef, yn *hostes*—gelynion; ac ymddygai yn
ol y dywediad, "Y trechaf, treisied."

Ceisiai Celsus bardduo Cristionogaeth, am
ei bod yn amcanu uno yr holl deulu dynol. "Y
mae y dyn," meddai, "a all gredu ei fod yn
beth posibl i'r Groegwr a'r barbariad, yn Asia,
Ewrop, a Libya, gyduno ar un deddf-lyfr
crefyddol, yn rhwym o fod yn amddifad o
synwyr."

Yr oedd yr Iuddew yr un mor gul ei feddwl a hunanol ei galon a'r Groegwr a'r Rhufeinwr. Dywedai y Rabbiaid : " Y mae un Israeliad yn fwy o werth yn ngolwg Duw na holl genedloedd y byd ; y mae pob Israeliad yn fwy gwerthfawr yn ei olwg ef, na'r holl genedloedd a fu neu a fydd." Ond y mae Cristionogaeth i'r byd. Mae yn gwneyd yr hyn a honai Celsus ei fod yn anmhosibl—mae yn cynyg, ac yn araf ddwyn yr holl genedloedd i fabwysiadu yr un deddf-lyfr crefyddol, y Beibl. Mae Cristionogaeth yn ddarpariaeth ar gyfer pawb. " Ewch i'r holl fyd ;" " dysgwch yr holl genedloedd ;" " wele Oen Duw, yr hwn sydd yn tynu ymaith bechodau y byd." Mae Cristionogaeth wedi tynu i lawr ganolfur y gwahaniaeth, fel nad oes na chaeth na rhydd, Iuddew na Groegwr, gwryw na benyw, na dim derbyn wyneb gyda Duw Cristionogaeth, gan ei fod ef o un gwaed wedi gwneyd pob cenedl o ddynion i breswylio ar holl wyneb y ddaear. Felly yn rhan o Gristionogaeth, fel elfen bwysig iawn mewn cysylltiad a'i dylanwad cymdeithasol, cawn unoliaeth a chydraddoliaeth—brawdoliaeth y teulu dynol. Mae yr elfen hon yn hyrwyddo y ffordd i'r rheol auraidd—prif elfen gymdeithasol

Cristionogaeth—i gael gwarogaeth : "Am hyny pa beth bynag oll a ewyllysioch eu gwneuthur o ddynion i chwi, felly gwnewch chwithau iddynt hwy." Mat. 7 : 12.

Gall y rheol hon effeithio yn niweidiol ar brydiau i'r dyn anianol ac uchelgeisiol, os nad yw yn berson cyfrifol i Fôd hollwybodol ag sydd yn llywyddu yn amgylchiadau dynion. Ac y mae llawer iawn yn troseddu y rheol hon, am nad ydynt yn cadw Duw yn eu cof, na chrediniaeth yn eu calon yn y Duw Crist- ionogol. Ond a chofio mai un Duw sydd i bawb, a'i fod yn oludog i bawb sydd yn ei geisio, yn Dduw hollwybodol, ac yn talu i bawb yn ol eu gweithredoedd ; yn gwobrwyo y rhai a gadwant ei air, ac ydynt yn gwneuthur yn ol ei ewyllys ef, ac yn cosbi y rhai anufudd a drygionus. Mae y rheol yn cael gwarogaeth ddyladwy gan y cyfryw a gofiant hyn yn ys- tyriol.

Mae Cristionogaeth yn dysgu cyfiawnder pur, ymarferol ac ymarferedig bob amser. Rhaid credu yn Nuw Cristionogaeth cyn y gellir dwyn y rheol hon yn llawen i weithred- iad. Ond y mae pob elfen yn nghrefydd Crist yn ol deddf cyfartaledd cywir, fel y mae pob peth yn cydweithio er daioni i'r rhai sydd yn caru Duw. Os ceir colled yn y presenol drwy gario y rheol euraidd i weithrediad, dysg Cristionogaeth y tâl Duw, ac na fydd y llafur yn ofer, nac yn golled yn y pen draw yn nydd y cyfrif mawr.

Rhaid cael y Duw Cristionogol yn ffaith yn nghalon a meddwl dyn cyn y gellir gwneyd ymarferiad o holl egwyddorion Cristionogaeth yn bosibl.

Mae gan Gristionogaeth bersonoliad o honi ei hun; esiampl ymarferol o'i holl egwyddorion.

Yr oedd Seneca yn gweled ac yn cydnabod yr angenrheidrwydd o foesoldeb sylweddol— esiampl safonol, wrth yr hon y gellid ffurfio ymarweddiad bywyd—penderfynu pa ymddygiadau sydd yn gywir. Ond er gweled yr angen, nid oedd ef yn abl, er cymaint ei ddoethineb, i gynyrchu diwalliant i'r angen. Ond daeth Crist a'r sylwedd moesol a'r safon ymddygiadau y crefai y doethion am dano, yn esiampl berffaith i ddilyn ei ol. Nid yn unig daeth a chrefydd i'r byd, ond daeth yn ei grefydd i blith dynion. Yr oedd efe ei hun yn rhan o'i grefydd, yn elfen yn ei hanfod; hebddo ef, heb Gristionogaeth hefyd.

Crist ddaeth a Christionogaeth i'r byd; yr

oedd hi ynddo ef hyd nes iddo ei rhoddi allan
yn raddol. Efe yw y canolbwynt; efe yw
enaid ei grefydd. Dywedai Ioan Fedyddiwr,
"Y mae teyrnasnefoedd yn nesâu," pan oedd
Iesu o Nazareth yn nesâu i'w fywyd cyhoedd-
us. Ac o hyny allan cawn deyrnas nefoedd
yn cael ei dadblygu allan o Grist. Disgynodd
yr Ysbryd arno er mwyn agor dorau neu or-
chuddion y ffenestri, fel y gallai y goleuni
Dwyfol ddyfod allan i'r byd.

Ysbrydolid y prophwydi gan Dduwdod oddi-
allan ; ond ysbrydolid Crist gan Dduwdod
oddifewn. Ai yr offeiriaid Delphaidd i ym-
gynghori a'r oraclau, cyn y gallent roi atebiad
i'r bobl mewn perthynas i bethau oeddynt yn
dal cysylltiad a'r duwiau a dyledswyddau eu
blaenoriaid gwladol. Rhaid oedd i'r offeiriaid
Iuddewig ymgynghori a'r Urim a'r Thum-
mim cyn penderfynu dim o bwys mewn perth-
ynas i ewyllys Duw. Felly, hefyd, yr oedd yr
holl brophwydi sanctaidd yn aros wrth Dduw
am atebiad a chyfarwyddyd drwy lais, breudd-
wyd, neu weledigaeth. Ond, "Duw wedi
iddo lefaru lawer gwaith a llawer modd, gynt
wrth y tadau (*trwy*) y prophwydi, yn y dydd-
iau diweddaf hyn a lefarodd wrthym ni (*yn*)
ei Fab." Yr oedd cyflawnder gwybodaeth
Ddwyfol yn Iesu.

Nid derbyn Duw i fewn, ond rhoi Duw allan oedd y Crist. Ni ofynai am gyfarwydd-yd, nac am fendithion iddo ei hun mewn gweddi, eithr arferai ddiolch yn aml i'w Dad. Yr oedd yn barod bob amser i ateb gofyniad-au priodol, ac ateb cywir a roddai ar bob ach-lysur. Felly yn Nghrist cawn Gristionogaeth, ganddo cawn yr efengyl yn cael ei dadblygu a'i rhoi allan o hono ef. "Yn yr hwn y mae holl gyflawnder y Duwdod yn trigo yn ber-sonol." Mae ymddangosiad Crist yn rhyfedd-ol, ei berson yn hynod, yn newydd yn y byd. Ond er fod ei fywyd yn fywyd newydd a rhyfedd, eto y mae yn gyson a naturiol, o'i ddyfodiad hyd ei ddychweliad corfforol. Mae ei berson yn wyrth; cyfarfyddir ynddo gyd-gyfarfyddiad elfenau, na chyfarfyddir â hwynt ond yn yr Emmanuel ei hun. Mae ei enedigaeth yn rhyfedd, ei fywyd yn rhyfedd, ei angau yn rhyfedd, ei adgyfodiad yn rhyf-edd, a'i esgyniad yn rhyfedd; ond nid yw ei ddyeithrwch a'i ryfeddod yn fwy eglur mewn dim nag yn mhurdeb ei fywyd, a pherarogl sanctaidd ei ymarweddiad: yr oedd oll yn hawddgar, ac yn rhagori ar bawb mewn daioni.

Ac nid oedd yr oll o hono ond yr hyn ellid

yn naturiol ddysgwyl yn ol yr awgrymiadau
a geir yn ffeithiau ei genedliad dwyfol a'i en-
edigaeth ryfeddol. Mae y gwyrthiau a gyf-
lawnodd yn ei fywyd yn hollol gyson a natur-
iol, pan edrychir arnynt yn ngoleuni gwyrth
ei berson a'i ymddangosiad. Mae awdwr di-
weddar, wrth awgrymu yr ymresymiad uchod
yn dyweyd : " Y mae y dylanwad yn hollol
naturiol os oedd ei berson yr hyn ei portreiad-
ur yn yr Efengylau ; ac y mae ei berson yn
naturiol, os edrychwn arno yn ngoleuni achos
ac effaith. Nid yw deddf achos ac effaith yn
cael ei throsi; nid yw cysylltiad bod a dylan-
wad yn cael ei dori yn Iesu, os caniateir yr
holl ffeithiau a nodir yn y Testament Newydd.
Mae hyn hefyd yn ymddangosiad arwyddoc-
aol iawn yn ffafr Crist yr Efengylau ; canys y
mae y ddeddf a ddadblygir yn ei fywyd, o-
gysylltiad uniongyrchol bod a dylanwad, yn
un o'r deddfau cyffredinol. Mae yr hyn a
wna unrhyw beth yn cael ei benderfynu, a
dylai gael ei benderfynu, gan yr hyn yw ef ei
hun. O'r hyn ydynt neu sydd ganddynt, y mae
pob peth a phawb yn rhoddi i ni yr hyn a
roddant.

Rhydd y ddaear galed ei dysgyrchiant; yr
awyr o'i hanadl bywyd ; y blodau o'u perarogl;

yr adar o'u cerddoriaeth ; y lleuad o'i harian-
aidd oleuni; yr haul y dydd o'i lawnder. Mae
gwyddor yn dysgu am ddeddf, nad yw y
gwaith yn fwy na'r gallu a'i gwna. Felly
hefyd am haelionusrwydd y natur ddynol;
rhoi o'r hyn sydd ganddynt eu hunain y mae
dynion—mae yr hyn a â allan oddiwrth ddyn
yn ol yr hyn yw ac sydd yn y dyn; bydded
dda, bydded ddrwg."—*Old Faith*, *p.* 238—40.

Mae y ganrif gyntaf o'r cyfnod presenol
wedi rhoddi i ni o'i chyflawnder hi ei hunan ;
yr hyn oedd ganddi yn alluog i gael ei dros-
glwyddo, a roddodd i'r canrifoedd dilynol.
Yr oedd Crist a'i grefydd ynddi ; ac oni b'ai
hyny, ni allasai eu rhoddi i'r rhai oedd yn ei
chanlyn. Felly Crist, yr hyn oedd ef ei hun,
a'r hyn oedd ynddo, a gyfranodd efe i'r byd
—" o'i gyflawnder ef y derbyniasom ni oll a
gras am ras." Am fod Iesu yn wyrth, y cyf-
lawnodd y fath wyrthiau ; siaradodd fel na
siaradodd dyn erioed, am ei fod yr hyn na fu
dyn erioed. Presenoldeb Crist ei hun, yn eg-
luro yn weithredol elfenau ei grefydd, sydd
yn ogoniant crefyddol anghydmarol mewn
Cristionogaeth, ac sydd yn achos o'i pharhad
buddugoliaethus yn y byd drwy yr oesau.

Felly, hefyd, y mae arosiad Crist yn ei gref-

ydd, ac yn ei ganlynwyr yn' allu mawr yn y
grefydd Gristionogol. Parhad bywyd an-
nghydmarol Iesu sydd yn peri parhad dylan-
wad Cristionogaeth : "Yr wyf fi gyda chwi
bob amser hyd ddiwedd y byd," sydd yn sicr-
hau calondid a dysgwyliad yn y Cristionogion
am lwyr oruchafiaeth yr efengyl ar y byd.
Mae yn y byd ddau gynrychiolydd o Grist
heblaw proffeswyr ei grefydd ; y Beibl i'r de-
all, a'r "Dyddanydd arall," yr Ysbryd, i'r galon.
Mae y ddau hyn yn cydweithio yn y Cristion-
ogion, ac o blaid Cristionogaeth.

Yn awr, ar ol cael cipolwg ar brif elfenau a
gyfansoddant ffynonell dylanwad cymdeithas-
ol Cristionogaeth, gellir yn hawdd gasglu pa
fath ddylanwad ydyw.

Cofier nad dylanwad yr hyn a *eilw* rhai
dynion yn Gristionogaeth, yn eglwys Gristion-
ogol, cenedl Gristionogol, eithr yn hyn *sydd* yn
Gristionogaeth, eglwys Gristionogol, cenedl
Gristionogol, ydym yn sylwi arno. Mae llawer
yn myned dan yr enw Cristionogion, nad yd-
ynt yn Gristionogion ond mewn enw yn unig.
Mae Pabyddiaeth yn galw ei hun yn Gristion-
ogaeth ; ond nid y grefydd Babyddol yn ei
dylanwadol cymdeithasol sydd dan ein sylw.
Mae enwadau a phleidiau crefyddol wedi

gwisgo yr enw Cristionogol, ac wedi cyflawni
gweithredoedd, a chynyrchu dylanwad hollol
groes i Gristionogaeth ; ac ni ellir cyfrif am
danynt drwy yr un elfen o'r holl elfenau, neu
gydymuniad o honynt, a gyfansoddant Grist-
ionogaeth.   Nid ydym i gymeryd erledigaeth-
au crefyddol—tân Smithfield, y creulonderau
a gyflawnwyd yn y Twr yn Llundain, galan-
asdra ystrywgar a gyflawnwyd yn Paris ar
ddydd St. Bartholemew, a'r cyffelyb, yn gyn-
yrchion dylanwad Cristionogaeth, er eu bod
yn cael eu cyflawni yn enw Cristionogaeth.
Waeth, nid oes cymaint ag un elfen mewn
Cristionogaeth bur yn tueddu i gynyrchu y
fath weithredoedd, eithr yn hytrach mae pob
elfen a phob peth Cristionogol yn tueddu at,
ac i gynyrchu dylanwad hollol wahanol i er-
ledigaeth, bradwriaeth, llofruddiaeth, trais,
gormes a chreulonder o unrhyw fath.   Mae
yr elfenau Cristionogol oll yn cydweithio yn
y Cristion i beri iddo ddangos yn ei ymar-
weddiad "rinweddau yr hwn a'i galwodd o
dywyllwch i'w ryfeddol oleuni ef."

Nis gellir rhoddi gormod o bwys ar yr ym-
resymiad yma, waeth y mae cam-ddeall beth
yw Cristionogaeth, neu gam-ddefnyddio yr
enw Cristionogol wedi dwyn dynion fel Col.

R. Ingersoll i ymosod ar y gyfundrefn grefyddol hon yn annheg a gwarthus.

Mae haeriadau fel y rhai canlynol yn deilliaw oddiwrth achosion felly : " Yr wyf am chwi wybod pa le bynag y mae y Beibl wedi bod, fod dyn wedi casâu ei frawd ; bu carchar-gelli, arteith-glwydi, bawd-hoel-droellau, a chleddyf, mewn arferiad yno. Yr wyf am i chwi ddeall fod crefydd Iesu Grist wedi cael ei sefydlu gan lofruddion, gormeswyr a rhagrithwyr. Yr wyf am i chwi ddeall fod yr eglwys wedi cario y faner ddu. Yna siaradwch am ddylanwad y grefydd hon i wareiddio. Yr wyf am i chwi ddeall fod yn y byd 1,400,000,000 o drigolion, ac nad oes ond 120,000,000 o honynt yn meddu y Beibl. Yr wyf am i chwi ddeall nad oes un o bob cant yn y byd byth yn darllen y Beibl."—*Mistakes of Moses.*

Mae yr uchod o eiddo Mr. Ingersoll yn gyfeiliornus. Beth sydd yn y Beibl yn cael ei roddi yn orchymyn ac yn rheol ffydd ac ymarweddiad sydd yn tueddu i wneyd dyn i gasâu ei frawd ? Onid " Cerwch eich gilydd fel y cerais i chwi," yw y gorchymyn ? Ac oni ddywedir, " Parchwch bawb ?" Beth sydd yn y Beibl yn tueddu i garcharu, arteithio, a phoeni dynion ar gam yn y byd hwn, neu yn yr hwn a

4

ddaw? Onid i'r gwrthwyneb yn hollol y
tuedda yr elfenau a gyfansoddant Gristionog-
aeth?

Mor groes yw tystiolaeth hanesyddiaeth
Gristionogol a Phaganaidd i haeriadau Mr.
Ingersoll parth sefydliad crefydd Iesu Grist yn
y byd. Onid dynion tawel, diniwed, tlawd
ac annysgedig oeddynt ddysgyblion cyntaf
Crist? Ni phrofwyd hwynt yn euog yn un
llys yn ymerodraeth Rhufain, o ddim ond o
wrthod cydymffurfio â'r grefydd wladol. Onid
oeddys yn foddlon rhyddhau y Cristionogion
a garcharid os buasent yn addaw ymwrthod â
Christionogaeth o hyny allan, a thalu gwarog-
aeth i'r duwiau? Pe buasent lofruddion,
cawsent eu lladd; pe buasent ormeswyr, caent
eu condemnio, a phe buasent yn rhagrithwyr,
buasent yn gwadu y ffydd yn hytrach na
glynu wrth dwyll, a cholli eu bywyd wrth
hyny. Mae hunan-les yn llywodraethu pob
rhagrithiwr: bwriada enill rhywbeth wrth
broffesu ei fod yr hyn nid yw mewn gwirion-
edd. Ond am y Cristionogion a erlidid gynt
o achos eu crefydd, gallasent gael rhyddid ar
yr amod iddynt wadu eu ffydd; ac y mae hyn
yn dangos nad oeddynt yn ddynion drwg; dy-
oddefasant erledigaeth ac angau yn hytrach na

gwadu Iesu, ac y mae hyn yn profi mai nid rhagrithwyr oeddynt. Wedi dyfynu barn, neu haeriad Mr. Ingersoll, a gweled mor annaturiol yr ymddengys pethau yn ol ei osodiadau ef, y mae yn deg a phriodol i ni ddyfynu o waith awdwr mawr dysgedig ag sydd yn cydoesi â Mr. Ingersoll. Ac er mwyn i'w farn ymddangos yn ei gwerth briodol, cofier fod yr awdwr yn gogwyddo i raddau i'r un cyfeiriad a Mr. Ingersoll. Ond y mae gwahaniaeth mawr rhwng y ddau; y mae un megys yn sychu fyny dan ddylanwad ffeithiau sychion athroniaeth—ymwneyd gormod a dirgelion gwybodaeth nes anghofio mai bôd meidrol yw, ac fod yn anmhosibl iddo ddeall pob peth, ac am nad yw ei ddeall yn gallu amgyffred dirgelion hanfodion ysbrydol, tuedda i wadu eu bodolaeth. Tra y mae y llall wedi ymwerthu i ddychymyg annysgedig, amddifad o wybodaeth neu o egwyddor onest, yn ymollwng i roi allan beth bynag a ddichon dychymyg gyflwyno i'w dafod doniol.

Dywed Dr. J. W. Draper: "Yn un rhan o'r tiriogaethau Dwyreinol, Syria, yr oedd ychydig o bersonau o sefyllfa isel o ran amgylchiadau, wedi ymgysylltu a'u gilydd er mwyn dybenion elusengar a chrefyddol. Dysgent

frawdoliaeth gyffredinol y teulu dynol . . . .
egwyddorion a drosglwyddwyd iddynt gan
'Iesu' . . . . Am lawer o flynyddoedd dad·
blygodd Cristionogaeth ei hunan yn gyfun-
drefn yn dysgu tri pheth : At Dduw, parch ;
mewn bywyd personol, purdeb ; mewn bywyd
cymdeithasol, elusendod."— *Conflict between
Religion and Science, p.* 36—38.

Dywedai Tertullian : " Er fod Cristionog·
ion yn gwadu fod yr Ymerawdwr yn dduw,
eto gweddiant am ei lwyddiant, am fod lles y
byd neu barhad y byd yn sicr tra y pery budd· ,
ugoliaeth ogoneddus ymerodraeth Rhufain.
Gweddiant nid yn unig dros yr Ymerawdwr
a'i swyddogion, ond hefyd am heddwch."
" Ar ddiwedd pob mis y mae pob un a ewyll-
ysia, ond ni orfodir neb, yn cyfranu; y mae
yr arian a gesglir fel hyn yn brawf o dduwiol·
deb ; nid ydynt yn cael eu gwario mewn bwy·
ta ac yfed yn foethus, eithr mewn porthi y
tlawd a chladdu eu meirw; mewn dyddanu
plant amddifaid a thlodion ; mewn cynorth·
wyo hen bobl a dreuliasant eu dyddiau goreu
yn ngwasanaeth y ffyddloniaid ; mewn cyn.
orthwyo y rhai a gollasant eu heiddo drwy
long-ddrylliad ; a'r rhai a dynghedwyd i'r
ogofeydd, neu a alltudiwyd i ynysoedd, neu a

gadwyd mewn carcharau o herwydd eu bod
yn arddel y gwir Dduw. Nid oes ond un
peth yn mhlith y Cristionogion nad yw yn
gyffedin, a'r un peth hwnw yw eu gwragedd.
Gwrthddrychau eu bywyd ydynt ddiniweid-
rwydd, amynedd, cymedroldeb, a diweirdeb."
—*Conflict between Religion and Science*, p.
44, 45.

Byddai yn dda i Mr. Ingersoll, a phawb er-
aill, i ymgydnabyddu a ffeithiau hanesiol yn
fwy nag ymroi yn fyrbwyll i drethu gormod
ar ei ddychymyg llygredig, ac yna cai weled
fod ei syniadau, a ddyfynwyd genym, yn dra
chyfeiliornus. Gwir fod rhai ar enw Cristion-
ogion wedi erlid, gorthrymu, a defnyddio y
cleddyf, i garcharu a defnyddio arteith-
glwydi lawer, a bod yr hyn a elwid yn "eg-
lwys" wedi cario y faner ddu; ond y pwnc
yw, a'i dylanwad egwyddorion crefydd Crist
oedd yr *achos* o hyn? A'i elfenau Cristion-
ogaeth oedd yn cynyrchu y dylanwad a weith-
redai fel yna? Noder yr elfenau, dangoser yr
egwyddorion sydd yn nghrefydd bur Iesu
Grist yn cymell, neu yn caniatau ymddygiad-
au o'r fath yna. Os na ellir gwneyd hyn,
dylid priodoli y gweithredoedd yna i elfenau
estronol, i egwyddorion dyeithr i Gristionog-

aeth.   Ond a chymeryd yn ganiataol fod ffig-
yrau Col. Ingersoll yn gywir parth poblogaeth
y byd a chylchrediad y Beibl a'i ddarlleniad
gan y bobl, onid y bobl *ag ydynt* yn berchen
Beiblau ac yn eu darllen a'u deall oreu ydynt
y bobl mwyaf gwaraidd, goleuedig, moesol, a
charedig? Onid yn Mhrydain, Switzerland a'r
Talaethau Unedig, y mae y Beibl yn fwyaf
adnabyddus? Onid yn y gwledydd a nodwyd
y teimlir dylanwad y Beibl fwyaf yn y byd?
Ac eto onid y gwledydd hyn yw y rhai mwy-
af gwaraidd, moesol, caredig, llwyddianus, a
pharadwysaidd eu cymdeithas yn y byd? Ond
eto, nid yw fod Prydain yn cael ei galw yn
wlad Gristionogol, yn profi ei bod felly yn
drwyadl; ac nid yw ei bod yn gormesu cenedl-
oedd ac yn rhyfela a chenedloedd er mwyn ei
gorchfygu er hunan-les, megys ei hymddyg-
iad yn Zululand ac yn Afghanistan, yn profi
fod Cristionogaeth yn achos o hyn.   Nid
Cristionogion gwirioneddol oedd yr achos o'r
gweithredoedd anghyfiawn hyny, ond dynion
gwrth-Gristionogol ag oeddynt yn flaenllaw
yn y llywodraeth, a wnaethant hyn, a hyny
yn groes i deimlad y werin Gristionogol, fel
ag y dangoswyd yn mhenderfyniadau cymanfa-
oedd Cristionogol drwy y wlad yr amser

hwnw; ac yn neillduol yn yr etholiad a ddilynodd. Nid yw fod Charles J. Guiteau yn honi ei fod yn aelod yn eglwys Beecher, yn profi mai Cristionogaeth a barodd iddo saethu yr Arlywydd James Abram Garfield. Diffyg Cristionogaeth yn ei galon, a phresenoldeb elfenau gwrth-Gristionogol a ddylanwadodd ar yr anfad-ddyn i ysbeilio ein gwlad o fywyd un o ragorolion yr oes.

Ymddengys i mi fod ymresymiad Dr. Draper yn briodol, nid yn unig yn yr engreifftiau a rydd efe, ond i bob camgymeriad o eiddo proffeswyr Cristionogaeth. "Pan achosodd Calvin i Servetius gael ei losgi, yr oedd yn cael ei gynhyrfu, nid gan egwyddorion y Diwygiad, eithr gan rai Pabyddol, oddiwrth y rhai nid oedd wedi bod yn abl i ymryddhau yn gwbl." —tn dal. 363–4.

Felly hefyd, pan y mae Cristionogion, mewn enw, yn gwneyd gweithredoedd ysgeler, nid cynhyrfiadau Cristionogol, eithr yn hytrach rhai paganol perthynol i ddynoliaeth lygredig ac anwybodus, yw yr achos o honynt; waeth cofier fod pob peth yn cynyrchu ei ryw, felly Cristionogaeth. Gallwn yn hawdd ac yn argyhoeddedig o'r ffaith, gyduno a'r enwog Napoleon I., yn ngwyneb yr elfenau a gyfansoddant y grefydd Gristionogol, a dyweyd, "Nid llyfr yn unig yw yr efengyl, ond creadur byw, gyda gallu a nerth ag sydd yn gorchfygu pob peth a'i gwrthwyneba. Dyma lyfr y llyfrau," ebai, gan osod ei law ar y Beibl, "nid wyf byth yn blino ei ddarllen; yr wyf yn ei ddarllen bob dydd gyda'r un boddhad. Nid yw yr enaid ag sydd wedi ei swyno ganddo, yn eiddo ei hun mwy; mae Duw yn ei lwyr feddu: y mae efe yn cyfarwyddo ei feddyliau a'u allu- oedd; ei eiddo ef yw." "Y fath brawf o ddwyfoldeb Iesu Grist! Ac eto nid yw ei arglwyddiaeth anghyfyngedig yn ormesol; nid oedd ganddo ond un amcan, sef perffeith- iad ysbrydol yr unigolyn; puredigaeth ei gydwybod, ei uniad a'r hyn sydd wir, cad- wedigaeth ei enaid. Syna dynion at fuddug- oliaethau Alexander ac eraill, ond dyma fudd- ugoliaethwr, Iesu Grist, sydd yn tynu dynion ato ei hun er mwyn eu daioni penaf; yr hwn sydd yn uno ag ef ei hun, nid un genedl, ond yr holl hil ddynol." Mae Cristionogaeth wedi dyfod a manteision hefyd gyda hi at ei gwaith yn y byd. Nid yn unig daeth a bywyd i'r byd, ond daeth hefyd a gwybodaeth i gyfar- wyddo y bywyd hwnw; cariad a rheswm i reoleiddio ei weithrediadau; a daeth a dydd

gwaith i'r bywyd hwn. Yr oedd ymddangos-
iad Cristionogaeth yn doriad gwawr; dyfod-
iad Crist yn godiad Haul, ac yn godiad Haul
cyfiawnder. Dydd yw cyfnod neu dymor
gwaith; mae ynddo oleuni fel y gellir gweith-
io. Felly hefyd daeth Cristionogaeth a Haul
y dydd, goleuni fel y gall y bywyd weled i
fyfyrio y gyfundrefn, fel y gellir rhodio yn ol
ei hegwyddorion. Y mae arosiad Cristionog-
aeth yn arosiad goleuni; medr dynion weled
yn awr, os mynant, y ffordd uniawn. Mae yn
yr efengyl fywyd a gallu y fath ag y mae yn
briodol ei galw, yn iaith yr Apostol, yn "allu
Duw" er daioni y byd yn unigol a chymdeith-
asol.

PENNOD III.

Natur Gymdeithasol Cristionogaeth.

Mae Cristionogaeth, yn ei hanfod, o duedd gymdeithasol — ei gwraidd yw Emmanuel, Duw gyda dyn—cymdeithas o ddwy natur mewn undeb yn cydweithio, yn byw fel pe yn un : mae Crist yn Fab Duw ac yn fab dyn. Felly hefyd y mae Crist yn ei athrawiaeth yn dysgu, "myfi a'r Tad un ydym." Ac y mae yn gweddio ar ran ei ganlynwyr, "Fel y byddont un, megys yr ydym ninau yn un, myfi ynddynt hwy, a thithau ynof fi; fel y byddont wedi eu perffeithio yn un."—Ioan 17 : 22, 23.

Y mae yr Apostol Paul yn dangos yr un duedd gymdeithasol pan yn dyweyd am waith Duw : "Yr hwn a'n cymododd ni ag ef ei hun trwy Iesu Grist, ac a roddodd i ni wein- idogaeth y cymod; sef bod Duw yn Nghrist yn cymodi y byd ag ef ei hun heb gyfrif idd- ynt eu pechodau."—2 Cor. 5 : 18, 19.

Un o amcanion penaf Cristionogaeth ydyw ffurfio cymdeithas rhwng Duw a dynion; a rhwng dynion a'u gilydd—" uno nef a llawr."

Mae y duedd hon yn weledig i'r sylwgar diragfarn, yn ngogwyddiad naturiol pob peth Cristionogol. Daeth Ioan Fedyddiwr "i droi calonau y tadau at y plant, a'r anufudd i ddoethineb y cyfiawn; i ddarparu i'r Arglwydd bobl barod."— Luc 1 : 17. Mae cymdeithas yn cael ei gwneyd i fyny o unigolion ; ac fel y mae yr unigolion, felly y mae y gymdeithas a gyfansoddant : ni allant wneyd y gymdeithas ond yr hyn ydynt hwy eu hunain. Hwy sydd yn rhoddi bodolaeth, ffurf, a dylanwad i'r gymdeithas. Hwynt-hwy ydynt yr elfenau, y gymdeithas ydyw y cynyrch ; hwy yw y bywyd, y gymdeithas yw y pren ; a'u gweithredoedd ydyw y ffrwyth, yr hyn yw cynyrch naturiol eu bodolaeth gymdeithasol, ac "wrth y ffrwyth yr adnabyddir y pren."

Crist yw sylfaenydd Cristionogaeth : efe yw yr aelod cyntaf yn y gymdeithas hon ; ac ato ef yr ychwanegir pob aelod arall yn y gymdeithas Gristionogol. Efe sydd yn "tynu pawb ato ei hun." Rhaid i bod ymgeisydd am aelodaeth yn y gymdeithas hon roi ei hunan "yn gyntaf i'r Arglwydd ac yna yw bobl ;" uno a Christ, ac yna uno a'i ganlynwyr. Rhaid bod yn bersonol gysylltiedig â Christ, cyn y gellir bod yn gysylltiedig â, ac yn aelod o, y

gymdeithas wir Gristionogol. Crist sydd yn
derbyn pob aelod i hon. Mae ffigyr yn cael
ei ddefnyddio ganddo yn efengyl Ioan ag sydd
yn gosod allan gysylltiad cymdeithas Grist-
ionogol yn ardderchog iawn: "Myfi yw y
winwydden, chwithau yw y cangenau." Efe
sydd yn y dechreuad, ac efe sydd yn ychwan-
egu y cangenau—hebddo ef ni allwn ni
wneyd dim. Fel nas gall y gangen fyw onid
erys yn y winwydden, felly ni all dyn fyw
yn Gristion onid erys yn y Crist.

Mae pob ymgeisydd llwyddianus am aelod-
aeth yn y gymdeithas Gristionogol yn rhwym
o fod yn gymeriad newydd. Mae y pechadur
yn cael ei greu o'r newydd, yn greadur new-
ydd yn Nghrist, ac ar ddelw ei Greawdwr.
Mae y credadyn wedi cael ail-enedigaeth.
Plentyn cariad pur yw, fel y dywed yr Apos-
tol Ioan—"Gwelwch pa fath gariad a roes y
Tad arnom, fel y'n gelwid yn feibion i Dduw."
. . . . "Ac y mae pob un sydd ganddo y
gobaith hwn ynddo ef, yn ei buro ei hun,
megys y mae yntau yn bur." Felly y mae y
Cristion yn ymburo o dan ddylanwad y
gobaith a dyf ar gariad ynddo; ac y mae
puro personol yn waith llesol i gymdeithas.
Ac y mae y cariad hwn, cynyrchydd gobaith,

cymellydd ymburo, medd yr Apostol "wedi
ei dywallt *ar led* yn nghalonau Cristionogion,
aelodau y gymdeithas Gristionogol, i'w cymell
i bob gwirionedd. Dywedai Luther, y Di-
wygiwr mawr: "Crediniwr sydd greadur
newydd, pren newydd; felly y mae iaith fel
hyn: "Dylai crediniwr gyflawni gweithred-
oedd da," yn anmhriodol iddo ef. Fel nad
yw yn briodol dweyd y dylai yr haul lewyrchu,
y dylai pren da ddwyn ffrwyth da, y dylai tri
a saith fod yn ddeg. Nid oes achos gorchym.
yn i'r haul lewyrchu, gan y gwna ef hyny heb
orchymyn, yn ol ei natur—crewyd ef i'r dy-
ben hwn, a bodola i'r amcan yna. Felly hefyd
y mae y pren da yn naturiol yn dwyn ffrwyth
da; ac nis gall tri a saith fod yn ddim ond
deg. Felly ni ddylem siarad beth ddylai
pethau fod, neu y dygwydd pethau fod, eithr
yn hytrach beth sydd yn bod, a pheth sydd
yn dygwydd." Yr oedd Saul o Tarsus cyn
dyfod o dan ddylanwad Cristionogaeth, yn
erlidiwr; a gwnai ei oreu i niweidio ei gyd-
ddynion a broffesent ymlyniad wrth Grist,
trwy gwtogi eu rhyddid a'u carcharu. Yr
oedd, yn ol ei gyfaddefiad ef ei hun, "yn gabl-
wr, ac yn erlidiwr, ac yn drahaus." Eithr
wedi iddo gael y drugaredd o brofi dylanwad

cymdeithasol Cristionogaeth, nid oedd awydd
erlid a drygu ei gyd-ddynion arno. Teimlai
yn hytrach awydd cryf i'w dysgu, eu goleuo, a
gwneyd daioni iddynt, trwy eu tywys at y
gwirionedd i'w rhyddhau, ac ato ef am yr
hwn y dywedir, "Os y Mab a'ch rhyddha,
rhyddion fyddwch yn wir." Mae Cristionog-
aeth yn gwneyd yn gyntaf oll yr unigolion;
ac yn ail yn gwneyd cymdeithas o'r unigolion
hyn; ac yna yn defnyddio y gymdeithas yn
gyfrwng bendithion i'r byd. Mae cael gwir
adnabyddiaeth o'r cymeriadau a ffurfiant y
gymdeithas hon yn sicr o ddarbwyllo pawb i
gredu nas gall ei dylanwad lai na bod yn lles-
ol iawn i'r byd.

Mae dylanwad y gymdeithas hon i'w gan-
fod yn ngwaith ei gwir aelodau; nid yn
ngwaith pob un a elwir ar ei henw; canys
mae llawer yn dyweyd, "Arglwydd, Ar-
glwydd," wrth Iesu, ond ei ateb ef iddynt yw,
"Nis adnabum chwi erioed." Cristionogaeth
sylweddol a chyflawn, fel y mae yn cael ei gos-
od allan yn y Testament Newydd, ac nid
Cristionogaeth fel y myn rhai dynion iddi
fod, yw ffynonell y dylanwad ydym yn am-
canu ddangos. Mae Iesu wedi dod â'i grefydd,
ac yn ei grefydd, i'r byd. Mae wedi rhoi ei

grefydd nid yn unig i ddynion, ond mewn ac
am ddynion. Nid yn y personau a ddewisodd
Crist yn ganlynwyr iddo oedd y dylanwad yn
gynhenid felly ; ond yn yr hyn a dderbynias-
ant hwy oddiwrth Iesu yr oedd y bywyd, y
nerth, a'r dylanwad angerddol.

Nid rhoi i'w ganlynwyr yn unig, ond rhoi
ynddynt, wnaeth Iesu Grist. Ni ddewisodd
yr Athraw mawr gewri dylanwad bydol na
gwrthddrychau dylanwad daearol, yn gyf-
ryngau dylanwad iddo ef ei hun. Eithr
gwael bethau y byd hwn a ddewisodd ef, yn
ol syniad y byd anianol am dynynt. Ni dde-
wisodd efe Herod, brenin Galilea ; Pilat tet-
rach Judea ; Cæser, Ymerawdwr Rhufain. Ni
ddewisodd gyfoethogion y byd, byddinoedd y
ddaear, enwogion cadfridogol maes y gwaed,
cewri athroniaeth, nac enwogion areithyddol a
meistriaid y gynulleidfa : yr oedd y rhai hyn
oll yn ei erbyn, yn ymosod arno, ac yn cyn-
llwyno i'w ddyfetha; tra mai gwehilion y byd,
yn ol barn yr oes hono a ddewisodd efe : pysg-
otwyr, publicanod, a phechaduriaid. Wedi
eu dewis, ni roddodd iddynt aur ac arian i
brynu arfau a chodi byddinoedd yn ol dull y
byd hwn ; ond gosododd ynddynt ddigon o
elfenau gorchfygol--" ei ras ef." Cyfranodd

Iesu o hono ei hun, o'i gyflawnder ei hun, elfenau ı gynyrchu dylanwad anorchfygol ynddynt hwy, i'w ddadblygu trwyddynt— "Teyrnas nefoedd o'ch mewn chwi y mae." Gwnaeth hwynt yn lestri i drosglwyddo yr elfenau oeddynt ac ydynt i orchfygu pob gelyn.

Yr oedd Crist mor llawn fel nad allai fod yn guddiedig. Felly hefyd y mae ei wir ganlynwyr, aelodau ei gymdeithas, dinasyddion ei deyrnas—maent mor llawn o'r elfenau nefol, fel nas gallant fod yn guddiedig. Maent fel dinas ar fryn, yr hon ni ellir ei chuddio; maent yn halen y ddaear, ac yn oleuni y byd. Mae eu gweithredoedd da mor amlwg nes y mae dynion yn eu gweled ac yn dychwelyd i roi gogoniant i Dduw.

Yn awr personau fel hyn, cymeriadau o'r nodweddion yna, yw aelodau y gymdeithas Gristionogol. Ac a'u cymeryd fel *achos*, ni all yr effaith fod ond yn fendithol—y dylanwad fod ond yn un bendigedig dda—dylanwad llesol a dyrchafol i'r gymdeithas ddynol drwy y byd.

PENNOD IV.

Y Teulu Cristionogol.

Y man cyntaf y mae dynion yn dod i gys-
ylltiad a'u gilydd, neu y gymdeithas gyntaf a
ffurfiant, yw y teulu.   Dechreuwyd hi yn
Eden, a pharha o hyd yn undeb rhwng dyn a
dynes.   Dechreuad teulu yw undeb dyn a
dynes, yn wr a gwraig.   Dyma y fam-gym-
deithas.   Nid oedd arferiad hyd ˙yn nod y
genedl Iuddewig, y genedl buraf ei moesau a
rhagoraf ei breintiau, y cyfryw tebycaf i
wneyd yr undeb priodasol yn ffynonell cysur
i aelodau y teulu.   Nid oedd dewisiad person-
ol na chymellion serch dwy galon yn blaen-
ori yn ffurfiad yr undeb hwn, eithr trefniadau
y rhieni oedd y cwbl.   Felly hefyd yr oedd
yn mhlith cenedloedd paganaidd; nid ufudd-
hau i ddarbwyllion argyhoeddiadol cariad eu
calonau a wnai y mab a'r ferch wrth ymbriodi,
ond yn hytrach gorfod cydymffurfio yr oedd-
ent a threfniadau masnachol eu rhieni neu eu
ceidwaid : nid oedd cariad, serch, a barn ber-
sonol o gwbl i weithredu ar y ddau cyn eu
gwneyd yn un—yn deulu.   Ac ni ystyrid yr

5

undeb yn gyffredin o fawr bwys, fel y cawn ddangos mewn man arall. Ond y mae Dy-lanwad Cristionogaeth ar y fam gymdeithas hon yn dra rhagorol. Mae wedi cynyrchu yn naturiol yn ol ei helfenau cyfansoddiadol, yr arferiad o ddewisiad personol, ac o garu cyn priodi, a phriodi am fod caru yn weithredol yn myned yn mlaen rhwng y priodfab a'r briodferch ; a phriodir hyd angau. Dyma y fath gymdeithas a ffurfir gan ddylanwad Crist-ionogaeth rhwng y ddau ryw; cymdeithas wedi ei ffurfio fel yna yw priodas yn ol eg-wyddorion y Testament Newydd : rhaid ei bod o'r nodweddion a nodwyd cyn y gall fod yn deilwng o gael ei galw yn *ordinhad Gristion-ogol.* Bod rhai a elwir yn Gristionogion yn ymbriodi dan ddylanwad cymellion eraill, ac yn byw yn anghariadus, yn tori priodas, &c., sydd wirionedd. Ond nid yw hyn i'w briod-oli i ddylanwad Cristionogaeth ; eithr i ddy-lanwad pethau gwrth-Gristionogol. Cariad yw prif elfen Cristionogaeth ; ac y mae yr elfen hon yn cyfranu yn helaeth o honi ei hun i bob cym-deithas a ffurfia. Mae Cristionogaeth yn gor-chymyn yn bendant i wr a gwraig *garu* eu gil-ydd, a pharchu y naill y llall—ymgadw oddi-wrth bawb eraill, a bod yn bur i'w gilydd—un

gwr ac un wraig—cyd-gyfaneddu hyd angau.
Pan y mae personau yn byw neu yn ymddwyn
fel arall, y mae hyny am eu bod dan ddylanwad
dyeithr i Gristionogaeth Gymdeithasol. Mae
cysegredigrwydd priodas, serch a chariad y
priodfab a'r briodferch, a dewisiad personol,
yn hynodion a neillduolion yr oes Gristionog-
ol a gwledydd Cristionogol; ac y maent yn
fendigedig.

Parhad Priodas.—Dywed Geikie yn ei
Life and Words of Christ, fod dysgeidiaeth yr
athrawon Iuddewig yn amser Crist yn caniatau
rhoi llythyr ysgar os buasai gwraig wrth
barotoi ciniaw i'w gwr yn dygwydd gadael i'r
ymborth losgi! Ac yr oedd y Rhufeinwyr yn
ystyried y gallasai gwr a gwraig ddadgysylltu
pryd y mynent. Gwnaeth Cicero, ar ol bod
yn briod ddeg-ar hugain o flynyddoedd, anfon
ei wraig, Terentia, ymaith.

Gwnaeth Cato, yr ieuengaf, ysgaru â'i wraig
er mwyn ei rhoddi yn wraig i'w gyfaill. Ond
y mae Cristionogion yn ystyried priodas yn
gymdeithas am fywyd. Gwir fod eithriadau
i hyn, megys caniatau llythyr ysgar am odineb,
ac am greulonder gwarthus. Ac y mae Crist-
ionogaeth wedi dylanwadu i ddyrchafu priod-
as, pa le bynag y mae y Beibl, yr efengyl, a

Christionogion yn allu llywodraethol ar gym-
deithas.

.Ond un peth yw gwneyd haeriad, a pheth
arall yw profi yr haeriad yn wirionedd. Mae
yn bosibl i ni briodoli gormod o ddaioni i
Gristionogaeth, fel ag y mae dosbarth anffydd-
ol yn priodoli iddi lawer o ddrygioni. Pe
gadawsem ein gosodiadau uchod heb ychwan-
egu prawfion i'w cywirdeb, buasem yn euog
o'r un peth a Mr. Ingersoll; gwneyd haeriad-
au heb eu profi.

Mae yn bosibl profi ein gosodiadau mewn
amryw ffyrdd, megys yn gyntaf, Dysgeidiaeth
y Testament Newydd parth priodas. Mae
Crist wrth siarad am briodas yn dweyd:
"Ond yr wyf fi yn dywedyd i chwi fod pwy
bynag a ollyngo ymaith ei wraig, ond o achos
godineb, yn peri iddi wneuthur godineb: a
phwy bynag a briodo yr hon a ysgarwyd, y
mae efe yn gwneuthur godineb." Mat. 5: 32.
"Oblegid hyn y gad dyn dad a mam, ac y glyn
wrth ei wraig, a'r ddau fyddant yn un cnawd.
O herwydd paham, nid ydynt mwy yn *ddau*,
ond un cnawd. Y peth, gan hyny, a gysyllt-
odd Duw nac ysgared dyn." Mat. 19: 5, 6.
Yn y geiriau yna gwelir mai *dau* yn unig sydd
yn cael eu gwneyd yn un; felly, nid oes yma

le i amlwreiciaeth i osod troed i lawr. Gwelir
hefyd fod priodas o osodiad Duw, a'i bod yn
annhoradwy ond gan Dduw trwy law oer ang-
au. Mae priodas yn cael lle pwysig hefyd yn
ysgrifeniadau yr Apostol Paul. Dywed':
" Anrhydeddus yw priodas yn mhawb, a'r
gwely dihalogedig; eithr puteinwyr a godin-
ebwyr a farna Duw." Heb. 13: 4.

Pan gofiom i Cæsar wneyd cyfraith i ddi-
wygio moesau, a chefnogi priodas, gan gania-
tau gwobrau a ffafrau neillduol i famau priod,
ac i dadau a feddent blant cyfreithlon, gwelwn
reswm digonol dros fod yr apostol yn ysgrif-
enu cymaint ar y mater yma. Dywedir fod
gwragedd o rengoedd uchaf cymdeithas yn
Rhufain yn gosod eu henwau yn nghofrestrau
y puteindai cyhoeddus. Pa ryfedd, felly, fod
cymaint o sylw yn cael ei dalu i'r pwnc hwn
yn Epistolau Paul? Dyfynwn rai o'i sylwad-
au: "Ac i'r rhai a briodwyd, yr wyf yn
gorchymyn, nid myfi, chwaith, ond yr Ar-
glwydd, nad ymadawo gwraig oddiwrth ei
gwr: ac os ymedy hi, arhoed heb briodi, neu
cymoder hi a'i gwr: ac na ollynged y gwr ei
wraig ymaith." 1 Cor. 7: 10, 11. " Y gwyr,
cerwch eich gwragedd megys y carodd Crist
yr eglwys, ac a'i rhoddes ei hun drosti."

Eph. 5 : 25. " Ond chwithau hefyd cymain
un, felly cared pob un o honoch ei wraig, fel
ef ei hunan ; a'r wraig edryched ar iddi barchu
ei gwr." Eph. 5 : 33. " Y gwyr, cerwch eich
gwragedd, ac na fyddwch chwerwon wrth.
ynt." Col. 3 : 19.

Dysgyblaeth y Teulu.—Mae Paul wrth eg-
luro egwyddorion cymdeithasol parth teulu, yn
ychwanegu at ddyledswyddau gwr a gwraig,
ddyledswyddau rhieni a phlant. " Y plant,
ufuddhewch i'ch rhieni yn mhob peth ; canys
hyn sydd yn rhyngu bodd i'r Arglwydd yn
dda. Y tadau, na chyffrowch eich plant fel na
ddigalonont" Col. 3. 20, 21. "Ond maeth-
wch hwynt yn addysg ac athrawiaeth yr Ar-
glwydd." Eph. 6 : 4. Y mae hefyd mewn
teulu yn fynych gysylltiad meistr a gwas.
Felly gosodwn yma orchymyn Cristionogaeth
i'r rhai hyn: " Y gweision, ufuddhewch yn
mhob peth i'ch meistriaid yn ol y cnawd ; nid â
llygad wasanaeth, fel boddlonwyr dynion, eithr
mewn symlrwydd calon yn ofn Duw; a pha
beth bynag a wneloch, gwnewch o'r galon,
megys i'r Arglwydd, ac nid i ddynion," Col.
3: 22, 23. " Y meistriaid, gwnewch i'ch
gweision yr hyn sydd gyfiawn ac uniawn: gan
wybod fod i chwithau Feistr yn y nefoedd."
Col. 4 : 1.

Mae yn eglur wrth y dyfyniadau uchod fod
Cristionogaeth yn cymell pawb i gydnabod eu
lle, ac ymddwyn yn gariadus a chyfiawn tuag
at eu gilydd, gan fod Duw yn eu dal yn gyf-
rifol am bob peth a wnant; "A pha fesur y
mesuroch yr adfesurir i chwithau."

Yn nesaf, gellir profi ein gosodiad wrth ed-
rych ar briodas a theulu tu allan i ddylanwad
Cristionogaeth. Yn hanes cenedloedd y byd
cawn dri math o briodasau: Gwraig yn meddu
llawer o wyr; gwr yn priodi llawer o wragedd,
ac un gwr i un wraig, ac un wraig i un gwr.
Gwyr pawb mai y math olaf o briodas sydd
mewn bri ac arferiad yn mhob man lle y mae
Cristionogaeth yn cael dylanwad llywodraeth-
ol ar gymdeithas ac arferion y bobl. Yr oedd
crefydd y patriarchiaid ac eiddo Moses yn
gefnogol iawn i'r math yma, ond yn Nghrist-
ionogaeth, y mae y dylanwad gorchfygol o'i
blaid. Cristionogaeth sydd wedi, ac yn parchu
calonau y teulu dynol yn ddyladwy. Wrth
barchu calonau, y mae priodas yn cael ei lle
priodol; nid nwyd ac nid golud, sydd yn
blaenori, ond gwir deimlad y fynwes. Wrth
fabwysiadu y dull Beiblaidd o briodas, y mae
y rhyw fenywaidd yn cael ei dyrchafu.
Gwedi i'r Ymerawdwr Constantine broffesu

Cristionogaeth, gwaharddodd ysgariad, a dyrchafodd briodas i safle uwch nag y bu erioed cyn hyny yn mhlith y Rhufeinwyr a'r Groegiaid. Ac erys ei waharddiad yn ei rym hyd heddyw yn eglwys Rhufain.

Ac y mae i raddau helaeth mewn arferiad yn Ewrop ac America. Yn yr amser gynt, nid oedd priodas ond pryniad, neu roddiad, neu ddaliad, a lladrad ; hyny yw, yr oedd dyn yn dod i feddiant o wraig yn yr un dull a modd ag oedd yn dod i feddiant o ryw bethau eraill. Dywed Chambers fod cytundeb gwerthiad yn sylfaen cysylltiad priodasol yn mhob cyfundrefn o gyfraith henafol : gwerthid y merched gan eu tad yr un fath ag y gwerthid rhywbeth arall ganddo. Yr oedd y cytundeb yn cael ei wneyd heb ymgyng· ori dim â'r rhai oeddent i ymuno yn un mewn priodas—cytundeb rhwng y ddau dad oedd. Rhoi y ferch i fyny gan y tad, a'i chymeryd adref gan y priodfab oedd yr unig ddefod briodasol mewn llawer man ; a'r unig brawf o briodas oedd meddiant o'r briodferch gan y priodfab.

Yn raddol daethpwyd i ymgyngori â'r plant cyn eu huno mewn priodas. Ac fel y nodwyd yn barod, yn mhob man lle y mae eg-

wyddorion Cristionogaeth yn llywodraethu, y
mab a'r ferch eu hunain dan ddylanwad car-
iad a chymellion serch at eu gilydd, sydd yn
gwneyd y cytundeb priodasol ; tra nad yw y
rhieni ond caniatau, y llywodraeth ond cydna-
bod, a'r eglwys ond gweddio am fendith ar y
cysylltiad.

Amlwreiciaeth.—Caniateid amlwreiciaeth i
bawb, ond i'r offeiriaid, yn yr Aipht. Cania-
teid hefyd, a hyny ar sail esiampl eu duwiau
a'u duwiesau, i frodyr briodi a'u chwiorydd!
Yr oedd cyfraith a chrefydd Babilon a Persia
yn caniatau llawer o wragedd i'w breninoedd ;
a phob gwraig yn cael ei gosod ar ei phen ei hun
—byw yn unig. Ac yr oedd hyd yn nod y
Magiaid yn cyfreithloni cyfathrach gnawdol
rhwng brawd a chwaer, tad a'r ferch, mam a'r
mab.—*Rollin's Anc. Hist.*

Darfu Alexander Fawr wneyd llawer o
ddaioni i ddiddymu y ffieidd-dra hwn. Ac er
fod engreifftiau o foesau isel ac amlwreiciaeth
yn mhlith plant Duw yn y Beibl, eto nid yw
hyn yn cael cefnogaeth gan y grefydd ddwyf-
ol. Nid oes gorchymyn na chaniatad wedi
cael ei roi o'r nef i neb gael mwy nag un
wraig tra y byddo hono byw ; "Canys y
wraig y mae iddi wr, sydd yn rhwym wrth

y ddeddf i'r gwr, tra y byddo efe byw : ond
o bydd marw y gwr, hi a ryddhawyd oddi-
wrth ddeddf y gwr. Ac felly, os a'i gwr yn
fyw, y bydd hi yn eiddo gwr arall, hi a elwir
yn odinebus ; eithr os marw fydd ei gwr hi, y
mae hi yn rhydd oddiwrth y ddeddf ; fel nad
yw hi odinebus, er ei bod yn eiddo gwr ar-
all." Rhuf. 7 : 2, 3. Dyna y ddeddf, deddf
Sinai, yn ol fel y deallai Paul hi; ac yr oedd
ef yn sicr o fod yn ei deall gystal a neb, wedi
ei addysgu ynddi wrth draed Gamaliel. Ac
felly hefyd y mae deddf yr efengyl—deddf
mynydd Seion.

Ac y mae priodas perthynasau agos yn cael
ei wahardd yn bendant yn y Beibl. Mae
gwahaniaeth rhwng goddefiad a gorchymyn.
Mae Duw yn goddef llawer o ddrygau yn y
byd; ond nid yw hyny yn profi mai dyna ei
ddymuniad a'i ewyllys ; goddef amlwreiciaeth
o herwydd dyfnder llygredd eu nwyd wnaeth
Duw i Israel, a goddef llythyr ysgar wnaeth
Moses o herwydd calon-galedwch y bobl, ond
nid felly yr oedd o'r dechreuad, eithr yn wryw
a benyw y creodd Duw hwynt. Rhaid oedd
i Mahomed wneyd Beibl newydd iddo ei hun
a'i ganlynwyr cyn y gallodd sefydlu amlwreic-
iaeth ac israddoldeb y rhyw fenywaidd.

Felly hefŷd y gorfu i Brigham Young a Joseph Smith ychwanegu cyfrol o ddysgeidiaeth at y Gyfrol Ddwyfol, cyn cael awdurdod digonol dros amlwreiciaeth. Mae y ffeithiau hyn yn awgrymu ffaith arall, sef nad yw y Testament Newydd yn caniatau i ddyn gael mwy nag un wraig.

Mae Cristionogaeth wedi dyrchafu y rhyw fenywaidd, wedi rhoi urddas ar y teulu, ac wedi cysegru priodas â chysegriad sanctaidd a dedwydd.

Ac er fod *socialism* gan wahanol *socialists* yn Scotland, Ffrainc, ac America, wedi gwneyd ymdrech wrol i ddifodi y ffurf Feiblaidd o deulu, gellir dyweyd, fel ag y dywedodd un arall—" Y mae y teulu yn graig yn erbyn yr hon, nid yn unig bydd pob ymosodiad yn ofer, ond hefyd, distrywir yr ymosodwr yn chwilfriw wrth ei tharo. Ni allwn, beth bynag, ddychymygu am well ac uwch sylfaen naturiol o deimladau ysbrydol, na pherthynasau teuluol. Y mae unrhyw ymgais i fyned tu draw i'r sefydliad teuluaidd, fel sylfaen pob cymdeithas a bywyd, yn ddiwygiad yn erbyn natur, ag sydd yn syrthio yn ol i gymysgaeth —*chaos.*"—*Old Faith, &c., p.* 291.

Yn ol cyfraith Rhufain, yr oedd y gwrag-

edd mor ddarostyngedig i'w gwyr ag oedd y
caethion i'w perchenogion hwy.—*Liddell's
History of Rome, p.* 400.

Ac fe allai y perchenog wneyd o'i gaeth-
was fel y mynai heb fod yn gyfrifol i neb am
hyny.   Dichon y byddai yn anhawdd cael
gwell darlun o gyflwr teulu anghristionogol
hollol ac o sefyllfa israddol y "rhyw deg" nag
a geir yn anerchiad gwraig y Parch. Dr. But-
ler, y cenadwr cyntaf a anfonwyd allan i'r
India gan y Methodistiaid.   Yn yr anerchiad
dywedai Mrs. Butler: "Y mae y menywod
yn yr India, yn myned oddiamgylch a gor-
chudd dros eu gwynebau. Mae y tadau yn fyn-
ych yn ddigofus iawn pan y mae merched yn
cael eu geni iddynt; ac y mae y mamau yn
cael eu curo weithiau i farwolaeth gan eu
gwyr am fod mor anffodus a rhoddi genedig-
aeth i ferched.   Credir yn India gan y brod-
orion paganol, os na bydd gan ddyn fab i'w
gladdu ef, fod ei enaid yn disgyn i ryw gread-
ur israddol : nis gall merch rwystro yr anffawd
yma i'w thad ; ac o ganlyniad lleddir lluaws o
ferched yn eu mabandod, neu yn yr esgoredd-
fa. Dyweddïir y ferch pan yn faban ; ac ni wyr
hi ddim am ei darpar-wr, ac ni cha ei weled
chwaith hyd nes eu priodir.   Ac ar eu dydd

priodas cânt gyfarfod a'u gilydd a siarad a'r
naill y llall am y tro cyntaf: a bwytant un
pryd o fwyd gyda eu gilydd: ond ar ol hyny
ni cha y wraig byth eistedd i gydfwyta a'i
phriod. Y mae hi yn byw allan o'r golwg,
mewn trigfan o'r enw zenana, lle y gall gael ei
lladd heb fod neb o'r tu allan yn gwybod, gan
ei bod yn hollol yn meddiant ei gwr: gall ef
wneyd a hi fel y myno. Ni chaniateir i neb
ond ei gwr, ei mab, a'r offeiriad fyned ati i'r
zenana. Gwelir hen wragedd wedi eu gadael
ar lan yr afonydd i farw, a'u traed yn, neu
wrth y dyfroedd!

Yr unig hawl-fraint a fedd y wraig yw mell-
dithio ei gwr. Ac am y zenana, lle bawlyd,
anaddas, hyd yn nod i greaduriaid israddol
ydyw; ac y mae yn groes drom i fenywod
Americanaidd i ymweled a'r trigfanau afiach
hyn." [Traddodwyd yr anerchiad a gynwysai
yr ymadroddion yna o flaen *The Methodist Con-
ference at Fall River, Mass., May*, 1881.]

Dyna gyflwr cymdeithas o dan ddylanwad
paganiaeth y 19eg ganrif! Dyna y fath bri-
odas, y fath barch a osodir ar greadur o'r un
natur a phriodoleddau a pharhad a ninau.
Ond y mae dylanwad Cristionogaeth yn dwyn
hyd yn nod frodorion India i gydnabod cyd-

raddoldeb y ddau ryw, ac i osod parch neill-
duol i'r wraig fel y llestr gwanaf. Mae y
wraig yn cael y lle goreu yn y ty Cristionogol;
ac nid yw y bwrdd byth yn llawn os na bydd
hi yno. Mae ei merched yn cael eu croesawu
i'r teulu gyda yr un edmygedd ag y croesawir
ei meibion. Mae ei lladd hi yn fwy o dros-
edd braidd nag yw lladd gwryw. Mae y
gyfraith yn ffafriol iawn iddi.

Y mae i fenyw rinweddol safle uwchraddol
yn ngwledydd cred; ac y mae geiriau y Parch.
Thomas Levi, yn ei " Hanes o Brydain Fawr"
yn briodol iawn i bob gwlad sydd wedi der-
byn y grefydd Gristionogol. Mewn perthyn-
as i ddylanwad Cristionogaeth ar y Prydein-
wyr ar eu dyfodiad i'r ynys dywed—" Un
gwasanaeth pwysig o eiddo Cristionogaeth yn
yr oesoedd hyn oedd dyrchafu y rhyw fenyw-
aidd i safle mwy parchus a chyfrifol mewn
cymdeithas." Tu dalen 22.

Yn awr y mae digon wedi cael ei ysgrifenu
genym i ddangos y gwahaniaeth dirfawr sydd
rhwng cymdeithas Gristionogol a chymdeithas
baganaidd. Gwelir yn eglur ragoriaeth pri-
odas, teulu, a chartref Cristionogol ar
eiddo rhai paganol. Yma, lle y teyrnasa
Cristionogaeth, y mae cariad a pharch gan y

gwr a'r wraig at eu gilydd ; anwyldeb a gofal
tad a mam yn amgylchynu yr holl blant yn
annibynol ar eu rhyw, a dygir hwynt i fyny
gyda phleser a dyddordeb neillduol yn addysg
ac athrawiaeth yr Arglwydd. Ac y mae y
gweision a'r meistriaid yn teimlo mai brodyr
ydynt, ac mai ffyddlondeb a chyfiawnder
sydd i'w nodweddu. Felly nis gall y rhai a
osodir yn y teulu hwn lai na theimlo awyr
iachus a pheraroglus yn eu bywiogi a'u had-
loni. A phan yr ant allan i ffurfio teulu eu
hunain, byddant yn debygol iawn o ddylan-
wadu yn llesol ar gymdeithas, yn enwedig
os byddant hwy eu hunain yn bersonol wedi
darparu elfenau Cristionogaeth i'w calonau i
lywyddu eu bywyd.

Mae lluaws o fân-gymdeithasau, yn y rhai
y daw dynion i gysylltiadau â'u gilydd meg-
ys cymydogion, ond digon ar hyn yw nodi fod
Cristionogaeth yn peri i'w deiliaid wneyd i er-
aill fel yr ewyllysiant i eraill wneyd iddynt
hwy—i bob un garu ei gymydog fel efe ei hun.
Os gwneir hyn, bydd pob peth yn dda mewn
cymydogaeth. Mae hefyd gymdeithasau dyn-
garol, cymdeithasau addysgol, cymdeithasau
llenyddol, cymdeithasau i gyfarfod â gwahan-
ol angenion yr hil ddynol, ond gofod a balla i

ni draethu arnynt un ac un yma. Bydd i am
rai o honynt gael sylw wrth ymdrin â gwa
hanol faterion cyn gorphen y traethawd hwn.
Ond y mae dau beth cymdeithasol wedi der-
byn i raddau helaeth, ac yn derbyn i raddau
helaethach ddylanwad Cristionogaeth mewn
modd neillduol—crefydd a gwladlywiaeth.

Crefydd.—Y mae Cristionogaeth yn grefydd,
ac y mae yn effeithiol iawn ar grefyddau y
byd.   Nid oes ganddi ond un Duw, un efeng-
yl, un Ceidwad, un aberth, un gobaith, ac un
nefoedd, i bawb ; ac felly, y mae yn naturiol
yn dylanwadu i uno dynion â'u gilydd, a'u
gwneyd yn un genedl sanctaidd, un bobl bri-
odol i Dduw, ac i frysio yr amser hyfryd ar y
ddaear, pryd na " bydd ond un gorlan ac un
bugail."   Y mae dylanwad cymdeithasol
Cristionogaeth yn effeithio i ddileu *caste*, ac i
ddifodi pob peth a duedda i ysgaru dynion
oddiwrth eu gilydd o ran teimlad ac anwyl-
deb.

Gwladlywiaeth.— Yr un modd y mae mewn
cysylltiad a gwladlywiaeth ; er nad yw Crist-
ionogaeth yn traethu yn benodol, nac yn cefn-
ogi yn neillduol, unrhyw fath o ffurf-lywodr-
aeth wladol, eto y mae tuedd ei helfenau i
gymodi pawb, a'u cael i fyw mewn heddwch.

Cyfeiria lygad ein gobaith i'r dyfodol dymun-
ol hwnw, pryd y bydd Cristionogaeth wedi
dylanwadu ar y bobl "i guro eu cleddyfau yn
sychau, a'u gwaewffyn yn bladuriau;" pryd
na "chyfyd cenedl gleddyf yn erbyn cenedl,
ac na ddysgant ryfel mwyach." Daw y mat-
erion hyn dan sylw eto wrth ein bod yn ym-
drin â gwahanol bethau yn fanylach yn y pen-
odau dilynol.

RHAN II.—YR ADEILAD

Arweiniad.

Ni welir dylanwad ond yn ei elfenau a'i ffrwythau. Yr ydym yn barod wedi dangos elfenau Dylanwad Cymdeithasol Cristionogaeth yn rhan gyntaf y gwaith hwn; y mae genym yn awr i ddangos ei ffrwythau. I wybod dylanwad yr haul ar arwynebedd y ddaear, rhaid sylwi ar y cyfnewidiadau a effeithir ganddo. Gwelir dylanwad ei oleuni yn neillduol yn ymlid ymaith dywyllwch y nos; gwelir dylanwad ei wres yn poethi, berwi, a llosgi; sychu, caledu, a thoddi.

Mae y cyfnewidiadau a gymerant le yn dangos ei ddylanwad ar y pethau y daw i gyffyrddiad â hwynt. Mae i Gristionogaeth Haul cyfiawnder; gwelir ei ddylanwad yn ymlid ymaith dywyllwch moesol, anwybodaeth yr oesau oddiar wyneb deallawl dynion, parth natur a'i Chreawdwr, parth defnyddiau a'u helfenau, parth deddfau naturiol, moesol, ac ysbrydol, a'u defnyddioldeb, a'r perygl o'u troseddu, ac Awdwr y rhai hyn. Mae dylanwad Cristionogaeth yn toddi calon galed pech-

adur, a'i gwneyd fel llyn dwfr; yn gwneyd
y marw moesol yn fyw i rinwedd; yn agoryd
y deall ysbrydol i weled ardderchawgrwydd
trefn gras; yn peri i'r drygionus adael ei ffyrdd
pechadurus, a dychwelyd at yr Arglwydd; i
gashau y drwg, ac i lynu wrth y da. A dang-
os hyn drwy brofi ein gosodiadau fydd amcan
y pennodau canlynol.

PENNOD V.

*Cymdeithas yn y Gorphenol, a Chymdeithas yn
y Presenol.*

Dosran 1.—Crefydd, Moesoldeb, a Gwy-
bodaeth.—Mae crefydd yn rhan o dueddion y
natur ddynol; mae crefydd yn gyffredin i bob
oes a chenedl yn hanes yr hil ddynol. Ond
nid yr un grefydd sydd gan bawb : amrywia
cenedloedd ac oesau yn ngwrthddrychau a
defodau eu crefydd. Mae yr un peth yn
wirionedd parth moesoldeb; ac y mae moesol-
deb a chrefydd yn berthynasau mor agos fel
na chawn eu cadw ar wahan yn y traethawd
hwn. Felly hefyd y mae gwybodaeth yn
berthynas agos iawn i grefydd, ac y mae cref-
yddwyr wedi bod ac yn bod yn gefnogwyr
gwresog i wybodaeth — blaenoriaid y naill
oedd, ac yw, blaenoriaid y llall; ac o gan-
lyniad traethwn ar y rhai hyn gyda eu gilydd
yn yr un dosbarth.

Golwg digon digalon a ffiaidd sydd i'w
gweled ar gymdeithas yn mhob man, lle nad
yw Cristionogaeth wedi gwasgaru ei bendith-

ion yno, fel ag i beri iddynt gael eu teimlo yn ddylanwad effeithiol.

Pan ddaeth Iesu Grist i'r byd, yr oedd cym-deithas mewn cyflwr isel iawn. Dywed un awdwr galluog, a'r hwn y cytuna awduron er-aill, fod y byd y pryd hwnw yn ei farn gref-yddol yn dra amrywiol. Yr oedd y rhan or-llewinol o hono yn rhanedig i dri dosbarth: Canlynwyr Epicurus, Zeno, a Plato. Credai y dosbarth cyntaf fod Duw, ond nad oedd yn ymyraeth dim a'r byd presenol; a bod llawer o dduwiau israddol i'r Duw mawr.

Credai yr ail ddosbarth fod y byd yn ddwyfol, a bod Duw yn byw ynddo. Credai y dosbarth olaf o'r tri fod natur yn cynwys Duw, ac mai oddiwrth natur y deillia yr enaid dynol, ac mai i natur y dychwela yn ol yn y diwedd. Yr oedd rhyw debygolrwydd i hyn yn marn y Dwyreinwyr hefyd, er fod gwahan-iaeth lawer rhyngddynt a'u cyfoedion gor-llewinol. Yr oedd crefydd Groeg a Rhufain yn fwy allanol a gorwych nag eiddo y Gorllewin yn gyffredin. Mae swn gwirionedd a thegwch yn y dyfyniad canlynol: "Y mae haneswyr eglwysig weithiau yn cael eu cyhuddo o osod allan gyflwr moesol y byd paganaidd yn rhy ddu; ac yn sicr y mae ochr oleu i fywyd yn yr Ymerodraeth Rufeinig olaf, yr hon y myn Mr. Leek, ac eraill a ymhyfrydant i rodio ar yr ochr heulog i ystrydoedd Rhufain, i ni edrych arni. Ond y mae tu dalenau Tacitus yn ddu gan gofnodion o droseddau; ac y mae con- demniad yr Apostol Paul o foesau y Rhufein- wyr yn cael cadarnhad a chefnogaeth mewn mwy nag un dadguddiad o fywyd claddedig Pompeii. "Pe caem weled bywyd mewnol cymdeithas y cyfnod hwnw yn bortreiedig o'n blaen," ebai Proff. Jolloett, "buasem yn troi ymaith oddiwrth y fath olygfa gyda dygasedd a galar." Pan oedd athronwyr yn areithio yn hyawdl am rinwedd, yr oedd drygioni yn tyfu yn rhy gyffredin, fel nad gwiw oedd llefaru yn ei erbyn, neu ei nodi allan yn warth. Er preg. ethu moesoldeb, yr oedd caethwasiaeth yn pentyru ei ddrygau i gymdeithas; ac yr oedd llafur rhesymol yn soddi i ddianrhydedd. Er i'r awdurdodau gwladol ychwanegu ychydig at ragorfreintiau y menywod, eto yr oedd priodas wedi myned ac yn cael aros yn gytun- deb masnachol yn eu golwg. Fel engreifftiau o hyn, cawn Cato yn gyru ymaith ei hen a'i ffaeledig weision; a dywed Juvenal fod un feistres yn ei digofaint wedi croeshoelio 'ei chaethwas; ac yr oedd anifaileiddiwch yr oes

yn cael ei foddhau yn y golygfeydd creulon a
welid yn y Coloseum."

Yr oedd gwyr a gwragedd yn ymadael a'u
gilydd pryd y mynent ; a chaniateid i'r caeth-
ion ymgyfathrachu er mwyn lluosogi a magu
caethion i'w meistriaid. Mae nodweddion y
troseddau am y rhai y cospid â marwolaeth yn
dangos tywyllwch meddyliol a dibrisiad byw-
yd dyn. Canfyddir hyn yn y modd creulon
yr ymddygid at garcharorion rhyfel, ac yn
neillduol yn ymddygiad yr Iuddewon yn hawl-
io croeshoeliad Crist, ac yn nghydymffurfiad y
Rhufeinwyr a'u cais, er eu bod ar yr un pryd,
wedi prawf manwl, yn cydnabod Crist yn
ddifai ! Ni chaniateir pethau fel yna heddyw
yn un wlad wareiddiedig : rhaid profi euog-
rwydd y carcharor cyn y caniateir cosb arno ;
os yn ddieuog, amddiffyna y gyfraith ef rhag
cael cam, a chosbir ei gam-gyhuddwyr a'i ym-
osodwyr. Gwelir hefyd greulonder gresynus
yn hanes dinystriad olaf Jerusalem gan Titus
o Rufain.

Dangosir cigeiddiwch rhyfeddol ac anfoesol-
deb du iawn gan yr Iuddewon at eu gilydd
tra yr oedd y ddinas yn warchaedig. Ond y
mae creulonder mwy, a duach moesoldeb yn
cael eu dangos yn ymddygiad y Rhufeiniaid

at yr Iuddewon ffoedig o'r ddinas pan oedd y newyn du yn annyoddefol yno. Gorchymynwyd i'r milwyr Rhufeinig ddal pob Iuddew a'i groeshoelio o flaen llygaid edrychwyr o'r ddinas warchaedig.

Dywedir fod 400 neu 500 yn hoeliedig ar groesau yr un pryd lawer boreu. O'r diwedd yr oedd y ffoedigion mor lluosog, a'r croeshoelio mor aml fel nad ellid cael digon o goed i wneyd croesau at y gwaith. O ganlyniad torid ymaith aelodau y ffoedigion o'r ddinas, a gorfodid hwynt i ddychwelyd yn y cyflwr hwnw i'r ddinas a'r newyn. Ac er hyn oll, ni orchfygwyd ystyfnigrwydd yr Iuddewon—yr oeddynt yn hollol anifeilaidd eu teimladau. Gwell oedd ganddynt ladd eu hunain a lladd eu gilydd, na rhoi fyny yn orchfygedig ac heddychol i'r goresgynwyr, er y buasent wrth hyny yn cael arbediad bywyd ac arbediad i'w teml sanctaidd. Arwydd o ddiffyg gwybodaeth a dynoliaeth ddyrchafedig yw ymlyniad wrth ystyfnigrwydd pen-boeth a chreulon fel yna. Arferai y cenedloedd yn yr oesau gynt feddianu y tiriogaethau a enillent mewn rhyfel drwy orchfygiad, a chymerent y bobl yn gaethion a gwerthent hwy fel y gwerthid anifeiliaid neu nwyfau. Wedi i Julius Cæsar ddar-

ostwng Prydain, cymerodd lawer o'r brodor-
ion yn garcharorion a gwerthwyd hwynt yn
marchnad Rhufain yn gaethion.

Yr oedd pob cenedl yn ystyried pawb tu
allan i'w cenedl eu hunain yn farbariaid. Ac
yr oedd hyd yn nod athronwyr yr oesau gynt
yn cyfrif fod y barbariaid wedi eu creu i fod
yn gaethion i bobl wareiddiedig. Hefyd ar-
ferid cigeiddiwch rhyfedd—cymerid aelodau
y corph ymaith—eid â phen y gelyn gorch-
fygedig adref ar drostan fel arwydd buddugol-
iaeth, tra y gadewid ei gorph yn ymborth i
adar a bwystfilod.

Mae pethau o'r nodwedd hyn yn cael eu har-
feryd yn awr gan Indiaid Gogledd America,
yr hyn a ddengys mai tuedd natur lygredig
llwythau anwaraidd y byd ydyw cigeiddo yn
y modd mwyaf creulon eu gelynion, a gorfol-
eddu yn eu gwaith anfad.

Nid oedd cyflwr ein mam-wlad, Prydain, yn
rhagori fawr ar wledydd eraill mewn moesol-
deb a chrefydd. Rhaid cyfaddef gyda Mr.
Thomas Levi fod ein cenedl cyn iddi gael
Cristionogaeth yn isel a gresynus iawn. "Yr
oedd dylanwad yr offeiriaid Derwyddol ar y
bobl yn ddiderfyn; ac ni ddarostyngwyd y
meddwl dynol erioed yn îs gan eilunaddol-

iaeth nag y darostyngwyd y Celtiaid, yn en-
wedig yn Mhrydain, gan Dderwyddiaeth . . .
Esgymunid pob un nad ymddarostyngai idd-
ynt (yr urdd Dderwyddol); ni chai ddyfod
i'w haberthau, ni chai gydymddyddan a'i gym-
ydogion, ac ni chai ei amddiffyn gan y gyf-
raith. Yr oedd llawer o'u cyflawniadau cref-
yddol yn farbaraidd a gwaedlyd. Offryment
aberthau dynol er mwyn cadw drygau ymaith.
Weithiau codent bleth-adail, llanwent hi o
blant, ac hyd yn nod â dynion mewn oed, a
llosgent hwy yn fyw." —*Prydain Fawr*,
tu d. 2, 3.

Ac os gwir yw syniad llawer o feirniaid
hanesyddiaeth, mai athronwyr Indiaidd ym-
fudol oedd y Derwyddon, y mae cyflwr Pryd-
ain yn ddarlun o gyflwr India; ac y mae cyf-
atebiaeth neillduol ynddynt hefyd. Ac felly
gosodir cyflwr y byd yn hynod o isel a bar-
baraidd iawn. Ond pan ddaeth Cristionog-
aeth i Brydain, yr oedd gallu chwildroadol a
dyrchafol wedi cyrhaedd y bobl yno, a gorfu
i'r barbareiddiwch hwn ddiflanu yn raddol o'r
Ynys Wen; a chodwyd y bobl o iselder dwfn
i uchelder gwareiddiad, moesoldeb, a chrefydd
ddynol a dwyfol. Ac y mae cyflwr Prydain
heddyw, er yn mhell o fod yn berffaith, eto,

yn dra rhagorol, ac yn ddangosiad teg o nod-
wedd a thuedd Dylanwad Cymdeithasol Crist-
ionogaeth. Dywedir i Gristionogaeth mewn
llai na chan' mlynedd ar ol dyfodiad Awstin
i'n ynys, ymdaenu drwy holl deyrnasodd
Lloegr. Ac y mae haneswyr o'r un farn a Mr.
Levi pan y mae yn sylwi fod y "dosbarth isel-
af yn gaethion gorthrymedig yn Mhrydain, y
rhai a drinid ac a werthid fel anifeiliaid; ys-
tyrid caethwas yn fwy o werth i'w feistr na
buwch neu ych, ac agos cymaint a cheffyl."—
tu d. 26.

Dyna gyflwr cymdeithas Lloegr a Chymru
yn yr oesau gynt, a Christionogaeth sydd wedi
effeithio y diwygiad eglur a welir ynddynt
heddyw. Nid yn unig nid oes caethion yn
Mhrydain gartref, ond hefyd y mae wedi
rhyddhau y caethion oll yn ei holl diriogaeth-
au, y rhai a breswylir gan genedloedd eraill,
ond a lywodraethir ganddi ni. Mae yr enwog
Canon Farrar hefyd yn ein cynysgaeddu â dar-
lun du iawn o gyflwr y byd cyn dyfodiad
Cristionogaeth iddo: "Yr oedd y byd wedi
myned yn hen, a chanfyddid ynfydrwydd pag-
aniaeth yn hynod o echryslon ynddo. Dilyn-
wyd anffyddiaeth mewn credo, fel y mae bob
amser yn dygwydd, yn mhlith pob cenedl, gan

ddirywiad moesol. Yr oedd anwiredd ac an-
nghyfiawnder wedi cyrhaedd eu heithafion.
Yr oedd athroniaeth wedi colli ei safle ym-
ffrostgar, ond yn ngolwg ychydig bersonau
rhagorfreintiol yr oes. Yr oedd camwedd yn
beth cyffredinol; ac ni wyddid am feddygin-
iaeth rhag yr arswyd a'r distryw a achosai i
filoedd."—*Life of Christ, p.* 110.

Mae Mr. Rollin yn ei *Ancient History* yn
ysgrifenu ar hanesiaeth henafol gwahanol
genedloedd gan osod allan eu crefyddau, eu
moesau, a'u cyflwr cymdeithasol, yn nghyd a
dylanwad Cristionogaeth foreuol ar y byd.
Mae i bob crefydd gyfryngau gwybodaeth, ac
felly yr oedd yn y dyddiau gynt. Yr oedd
Oraclau a pha rai yr ymgyngorai yr addolwyr
yn aml er hyfforddiant parth eu dyledswydd-
au a'r dyfodol.

Fel ffrwyth ymgyngoriadau â'r mynegydd-
ion ffugiol hyn, cawn fod creulonder rhyfedd
yn cael ei arferyd fel gwasanaeth crefyddol.
"Yr ydym," meddai Mr. Rollin, "wedi gwel-
ed yn mhlith y Carthaginiaid, dadau a mamau
yn fwy creulon na'r creaduriaid rheibus; yn
annynol, yn rhoi fyny eu plant, bob blwyddyn
yn diboblogi eu dinasoedd drwy ddinystrio eu
hieuenctyd grymusaf, mewn ufudd-dod i al-
w adau tybiedig gwaedlyd eu gau-dduwiau.

Dewisid yr aberthau heb dalu gwarogaeth
i radd, rhyw, oed, na chyflwr. "Pa fodd y
gallent," ebe Lactanius, "osod gwaeth cosbed-
igaeth hyd yn nod i ddangos eu *dygasedd
mwyaf*, nag wrth ysbeilio eu hedmygwyr o bob
teimlad dynol, na thrwy eu gorfodi i dori
gyddfau eu plant eu hunain, ac i drochi eu dwy-
law cysegr-ysbeiliol â'r fath dad-leiddiad at-
gas!"—*Ancient History—Introduction p*. 19.

Ni ellid cario pethau fel yna yn mlaen heb
fod miloedd lawer o ystrywiau twyllodrus yn
cael eu harferyd Ac yr oedd llawer iawn o'r
twyll yn cael ei ddadguddio yn barhaus yn
Delphi a manau eraill Eto parhaodd yr or-
aclau hyn mewn bri am fwy na dwy fil o flyn-
yddoedd, a hyny hyd yn nod yn mhlith ath-
ronwyr dyfn-ddysg, tywysogion galluog, ac yn
mysg y cenedloedd mwyaf gwareiddiedig a
goleu. Ond pan daflwyd goleuni Cristionog-
aeth arnynt, diflanasant; ac y mae dylanwad
yr efengyl yn gwneyd ffwrdd ag aberthiad o
fywyd dynol yn aberthau dros bechod,
gan fod Iesu Grist ag un offrwm wedi cael
i ni, yr hil ddynol, dragywyddol ryddhad, fel
nad oes eisiau lladd dyn er mwyn sicrhau
heddwch â Duw. "Y mae y tadau yn unol
yn eu tystiolaethau, a chadarnheir y dystiol-

aeth gan awduron paganaidd yn unfrydol, fod
yr oraclau wedi dystewi ar ol i Grist ddechreu
llefaru yn neu drwy yr efengyl wrth y byd.
Gwir na ddarfu i'r oll o honynt ddystewi ar
unwaith fel pe yn wyrthiol, ond yn raddol
naill ar ol y llall, fel ag yr oedd Cristionog-
aeth yn dod yn adnabyddus i'r bobl, ac yn en-
ill tir yn y byd."

Dosran 2.—Gwladlywiaeth a Chynydd
Gwladol.–Yr oedd cyflwr gwladywiaeth yn hy-
nod druenus cyn dyfodiad Cristionogaeth i'r
byd. Mae hyn yn eglur yn y ffaith fod ymerodr-
aeth ormesol Rhufain Baganaidd yn ysgwyd ei
theyrnwialen waedlyd dros y byd adnabydd-
us. Hefyd y mae yr un peth yn weledig yn
nghymeriad y personau oeddynt mewn aw-
durdod gwladol yn · y cyfnod hwnw. Pe na
byddai genym ond Brenin yr Iuddewon, Her
od Fawr, yn ddangosiad o'i gyd-deyrnaswyr,
mae ef yn ddigon i brofi ein gosodiad. Y fath
lofrudd, y fath ormeswr, y fath anfad-ddyn,
oedd Herod Fawr, fel y mae yn drais ar y
natur ddynol i orfod edrych arno! Lladdodd
offeiriaid a phendefigion ei genedl; parodd i
aelodau y Sanhedrim gael eu lladd; hefyd
dienyddodd archoffeiriaid, ac hyd yn nod ei
berthynasau agosaf yn ol y cnawd, ei wrag·

edd a'i blant, a hyny am ei fod yn rhy ddrwg
dybus! Tua diwedd ei oes greulon, gwnaeth
i ddau athraw Iuddewig, a deugain o'u hysgol
heigion gael eu llosgi yn fyw i farwolaeth, am
iddynt dreio tynu i lawr yr eryr auraidd a os
ododd ef uwch ben porth mawr y deml yn
groes i gyfraith y genedl. Ac yr oedd yn yr
Hippodrome brif deuluoedd y deyrnas, a blaen
oriaid y llwythau, a gorchymyn caeth oddi
wrth Herod i'w gosod i farwolaeth y fynyd y
buasai ef farw. Cofier hefyd mai yr Herod
hwn laddodd holl fabanod gwrywaidd Bethle
hem a'r cylchoedd gyda yr amcan i ladd y
baban Iesu. Ac y mae haneswyr yn dyweyd
nad oedd Herod, yn ei gymeriad anfad a'i ym
ddygiadau creulon, yn eithriad i eraill yn yr
oes hono, ac nad oedd ei weithredoedd yn eith
afol yn ngoleuni arferiadau llywodraethwyr
paganaidd yr hen fyd. Sonia Suetonius mewn
cysylltiad â genedigaeth Augustus, fod, ychyd
ig amser cyn iddo gael ei eni, broffwydoliaeth
yn Rhufain y genid brenin i'r Rhufeinwyr yn
fuan. Ac i osgoi hyn gwnaeth y Senedd Wer
inol orchymyn i'r holl fechgyn a enid y
flwyddyn hono gael marw yn eu mabandod.
Ac y mae Eusebius yn dyfynu o Hegesippus,
i Domitian orchymyn dinystrio holl hiliog

aeth Dafydd brenin Israel, gan ei fod yn
ofni gallu cynyddol Cristionogaeth. Y mae y
pethau hyn yn taflu goleuni ar gyflwr isel y
byd yn ei berthynas â llywodraethau gwladol
yr oesau gynt.   Ac y mae edrych ar y byd yn
awr, ac yn neillduol ar y gwledydd Cristion-
ogol, yn dangos gwahaniaeth dymunol yn
ffafr y presenol, ac yn gosod allan ragoriaeth
cymdeithasol y byd dan ddylanwad Cristion-
ogaeth.

Mae Cristionogaeth wedi ymgymeryd a di-
wygio y byd yn mhob ystyr a phob cymdeith-
as; ond mae y gwaith mor fawr a'r rhwystrau
mor aml, a'r gelyn mor gryf, fel mai yn araf
iawn y mae yn gweithredu, eithr yn sicr
er hyny. Nid yw unbenaeth llywodraethol yn
ffurf-lywodraeth gyson ag ysbryd Cristionog-
aeth. Gwir nad yw Crist wedi gosod allan
yn ei Air un gyfundrefn wladol benodol, neu
ryw ffurf neillduol o lywodraeth—mae yn
ddystaw ar y mater hwn ; ac os ydym i gym-
eryd dystawrwydd yn arwydd o foddlon-
rwydd, neu os oes rhyw addysg i ni i'w gym-
eryd oddiwrth hyn parth natur llywodraeth,
rhaid i ni yn naturiol ystyried ymerodraeth
Rhufain yn esiampl—un lywodraeth i'r holl
fyd, a hono yn un hollol unbenaethol, or-

thrymus a phaganol. Ond nid ydym i edrych ar
bethau yn y goleu yna; ac nid i ddystawrwydd
yr Iesu yr ydym i edrych am gyfarwyddyd parth
y modd y dylai gwlad gael ei llywyddu, ond
yn hytrach i egwyddorion ac ysbryd ei gref-
ydd. Ac yn sicr y mae cymellion ei grefydd
yn tywys ei ddeiliaid i ffurfio gwladlywiaeth
hollol wahanol i'r hyn oedd pan y daeth ef i'r
byd mewn cnawd.

Dysga Crist i'w holl ddeiliaid i gydnabod
mai " brodyr ydynt." Y mae ef am ffurfio un
teulu o bawb, heb gydnabod y naill yn fwy
na'r llall yn deulu breninol. Y mae efe yn
diddymu y gwahaniaeth a fodolai rhwng dyn-
ion, ac a osodid allan yn y termau " caeth" a
" rhydd;" gesyd ef y naill a'r llall yn ogyf-
uwch—yn deulu Duw, cenedl sanctaidd, pobl
briodol i'r Arglwydd; efe yw eu Brenin ys-
brydol a thragywyddol. Nid ydyw er hyny
yn dysgwyl i'w ddeiliaid ddiorseddu brenin-
oedd y ddaear a dymchwelyd teyrnasoedd y
byd drwy rym arfau cnawdol a materol; eithr
yn hytrach " arfau ein milwriaeth ni nid yd-
ynt gnawdol, ond nerthol trwy Dduw i fwrw
cestyll i'r llawr." (2 Cor. 10: 4). Mae Duw
yn bwrw cestyll annuwioldeb i'r llawr drwy
blanu ei egwyddorion yn nghalonau dynion, a
7

gosod ei Ysbryd o'u mewn. Ac y mae teyrn-
asoedd yn dymchwelyd, a breninoedd yn di-
flanu yn naturiol mor gyflym ag y mae eg-
wyddorion Crist ac ysbryd Duw yn cymeryd
meddiant llywodraethol ar y bobl. Brenin-
oedd ac ymerawdwyr yn dod i gydnabod eu
lle, a boddloni ar fod yn gydradd a phawb
eraill. Nid ydym wrth hyn yn golygu fod
llywodraethau gwladol i gael eu llwyr ddi-
ddymu gan ddylanwad yr efengyl. Rhaid i
ddynion wrth swyddogion ac arweinwyr
gwladol yn ogystal ag arweinwyr a swyddog-
ion eglwysig. Ond credwn fod cyfnewidiad
yn cael ei effeithio gan yr efengyl parth y
modd y mae cael swyddau gwladol: *cymwys-
der personol*, ac nid gwaedoliaeth teuluol sydd
yn cael ei wneyd yn *safon* eu swyddogaeth; a
dewisiad y werin, ac nid yr eiddynt hwy eu
hunain, sydd i'w gwneyd yn swyddogion.
Gallem feddwl fod y syniadau hyn yn cael eu
hawgrymu gan ein Hathraw mawr yn y geir-
iau canlynol wrth ei Apostolion. "Chwi a
wyddoch fod y rhai a dybir eu bod yn llyw-
odraethu ar y cenedloedd, yn tra-arglwydd-
iaethu arnynt, a'u gwyr mawr hwynt yn tra-
awdurdodi arnynt. Eithr nid felly y bydd yn
eich plith chwi; ond pwy bynag a ewyllysio

fod yn fawr yn eich plith, bydded weinidog i
chwi; a phwy bynag o honoch a fyno fod yn
benaf, bydded was i bawb." Marc 10 : 42—45.

Ac y mae hanesiaeth yn cefnogi ein syniad-
au, fel y cawn ddangos eto. Gallem dybied
fod tuedd naturiol Cristionogaeth yn ei chy-
sylltiad â phethau gwladol yn creu Gwerin-
lywodraeth — llywodraeth o'r bobl, gan y
bobl, ac i'r bobl. "Yr oedd Cristionogaeth
gyntefig yn hynod o ffafriol i sefydliadau
rhydd a gweriniaethol. Gwir ei bod yn
gwneyd y bobl yn llai daearol eu hymlyniad;
ond eto, wrth ddyrchafu a phuro eu moesol-
deb, yr oeddynt yn cael eu parotoi i hunan-
lywodraeth a rhyddid. Yr oedd perffaith gyd-
raddoldeb yn y cynulleidfaoedd Cristionogol
cyntaf; a phob awdurdod yn deillio oddiwrth
y bobl. Gwerinol yn ddiau oedd ffurf yr eg-
lwys gyntaf; ac felly y Presbyteriaid yn yr
ail ganrif ar bymtheg a sefydlasant yr eglwys
yn ol cyollun a chynffurf yr eglwys gyntefig;
ac oddiwrth hyny arweiniwyd hwynt i sefydlu
sefydliadau gwerinol yn y wladwriaeth.

Mae Cristionogaeth yn gefnogol iawn i
ryddid. Mae Protestaniaeth yn cyduno yn
well â Gweriniaeth nag ag un ffurf-lywodraeth
arall. Mor fuan ag y gwnaeth y Diwygiad

roi yr efengyl a'r Beibl i'r bobl gyffredin, yr oeddynt yn hawlio diddymiad caethwasiaeth, a chydnabyddiad o'u hiawnderau cyntefig a breiniol yn enw rhyddid Cristionogol."— *Montesquieu.*

Gwelir yr un gwirionedd yn y ffurf-lywodraethau ag ydynt wedi cael eu sefydlu gan ddynion llawn o egwyddorion ac ysbryd Cristionogaeth ; megys, Gweriniaeth yr Unol Dalaethau, a gogwyddiad parhaus Prydain Fawr at yr unrhyw ffurf-lywodraeth : gwelir fod Lloegr, er yn araf, eto yn sicr, yn agosâu at Weriniaeth—rhoddir mwy o ryddid, tecach cyfreithiau, a mwy o gynrychiolaeth ; caniateir i'r bobl gael mwy o'u hewyllys yn y wladlywiaeth, fel y mae Cristionogaeth yn dod yn fwy dealladwy a dylanwadol yn y wlad. Byddai yn ormod o waith mewn traethawd eisteddfodol i olrhain cynydd pob gwlad er mwyn profi natur dylanwad Cristionogaeth ar ffurf-lywodraeth wladol ; ond nis gellir cael gwell na thecach engraifft o hyn na hanes Prydain Fawr. Dyma wlad sydd wedi myned trwy gyfnewidiadau lawer, ac wedi bod dan ddylanwad llawer o genedloedd o wahanol gredoau crefyddol a gwladol, a saif heddyw yn y rhes flaenaf mewn moes, crefydd, a threfn,

er nid mor rhydd a'r Unol Dalaethau. Mae
yn eglur i bob un ag sydd wedi darllen hanes
Prydain yn fanwl ac ystyriol, fod trefn, cyf.
iawnder, rhyddid, a llwyddiant gwladol yn
gynyrchion naturiol y grefydd Gristionogol.
Yn hanes Prydain Fawr gwelir yn eglur fel
ag yr oedd Cristionogaeth bur yn cymeryd
gafael ar feddwl y bobl; fod y wladwriaeth
yn dod yn fwy cyfreithiol a theg, a iawnderau
dyn yn dod i fwy o fri, a masnach yn cyn-
yddu. Cawn hefyd fod cyflogau yn codi, a'r
bobl yn dod i well sefyllfa dymorol.

Ar ol ymddangosiad a llâfur y Diwygwyr
yn yr unfed-ganrif-ar-bymtheg, yr oedd mwy
o ryddid yn cael ei ganiatau, a mwy o awdur-
dod yn cael ei gydnabod yn y werin; go-
gwyddai y llywodraeth yn araf dros glogwyni
trais a gormes i ddwylaw y bobl, ac nid y
bobl yn suddo yn ddyfnach yn llaw y brenin:
yr oedd y brenin ei hunan yn dod i law y
werin—y wlad yn dod yn fwy gwerinol yn
barhaus; os nid mewn enw, eto mewn ffaith.
Yn canlyn y Diwygiad nerthol a gariwyd yn
mlaen gan Wicliffe, daeth mwy o awdurdod i
Dy y Cyffredin.

Yr oedd yr enwog Brotestanes Elizabeth
yn teyrnasu yn Mhrydain o 1559 i 1603, A. D.,

ac ni welodd Lloegr gymaint o adfywiad mas-
nach erioed cyn hyny, ag a welodd yn y cyf-
nod hwnw. Ac er nad oedd Elizabeth yn
deall Cristionogaeth yn drwyadl, nac yn teyrn-
asu yn hollol gyson â Christionogaeth, eto yr
oedd crefydd yr orsedd y pryd hwnw yn fwy
Cristionogol nag y bu cyn hyny erioed yn
Mhrydain Fawr. Nodweddid ei theyrnasiad
gan ryddid gwladol a chrefyddol, Mae hyn
i'w weled yn amlwg yn nyoddefiad Ty y Cyff-
redin yn gwrando araeth odidog y Puritan
Peter Wentworth, yr hwn a draddododd ar-
aeth yn llawn o hawliau y bobl—rhyddid yn
seinio drwyddi oll—rhyddid gwladol a chref-
yddol—llais i'r bobl ac i'w cydwybod yn y
Senedd yn 1576 O. C. Ac eto ni chafodd yr
areithiwr ond cosb ysgafn am y fath feiddgar-
wch. Ni ddaeth Lloegr i ddeall cysylltiad
brenin a'r bobl yn iawn, a gwerth cyfansodd-
iad sefydlog llywodraeth hyd yn nheyrnasiad
William III. (1695—1702), yr hwn "a daflodd
hawl ddwyfol breninoedd gyda y gwynt, a
dangosodd mewn Senedd rydd ac annibynol
fod awdurdod y goron yn dylifo o ewyllys y
genedl."—*Prydain Fawr, tu dal.* 462.

Y mae amseriad pasiad deddfau neillduol a
sefydliad gwahanol gymdeithasau yn Lloegr
yn profi yr un pwnc.

Wedi i Gristionogaeth Brotestanaidd gael ei sefydlu ar orsedd Prydain Fawr, wedi i'r Beibl gael ei argraffu yn iaith y werin, a'i wasgaru yn mhlith y bobl at eu gwasanaeth, cawn Brydain yn dyrchafu mewn moesau, gwybodaeth, a rhyddid. Ac nid ydym yn synu dim i'r deddfau rhyddfrydol a ganlyn gael eu gwneyd, a'r cymdeithasau bendithiol a sefydlwyd, ddyfod i fodolaeth yn yr amser-oedd y cymerodd hyny le. O herwydd y maent yn gynyrchion naturiol yr had a hau-wyd yno yn flaenorol; ac y maent yn sefyll yn eu cysylltiad a'u gilydd i raddau helaeth fel achos ac effaith.

Pasiwyd yn Mhrydain yn 1772, O. C., ddeddf fod pob caethwas a diriai yn Lloegr yn berson rhydd; ac yn 1807, O. C., diddymwyd y gaeth-fasnach yn hollol yn Mhrydain; ac yn 1834, O. C., difodwyd caethwasiaeth yn y trefedig-aethau Prydeinig.

Yn awr pan gofiwn fod y Diwygwyr Wes-ley a Whitfield yn Lloegr, a Howell Harris a Daniel Rowlands yn Nghymru, wedi bod yn gweithio yn egniol i ledaenu, drwy y deyrnas, egwyddorion pur a chywir-gred Cristionog-aeth, cyn pasiad y deddfau uchod, a bod am-rai o gymdeithasau Cristionogol wedi cael eu

sefydlu yn flaenorol i'r deddfau; megys Cym-
deithas Genadol yr Eglwys yn 1778 O. C.;
Cymdeithas y Traethodau Crefyddol yn 1779
O. C.; Cymdeithas Genadol Llundain yn 1795
O. C.; y Gymdeithas Feiblaidd yn 1804 O. C.;
y Gymdeithas Wyddelig yn 1806 O. C.; y
Gymdeithas Genadol Iuddewig yn 1808 O. C.;
heblaw lluaws o rai eraill o'r un amcanion,
yn nghyd a sefydliad yr ysgol genedlaethol a'r
ysgol Sabbothol, nid rhyfedd fod rhyddid
wedi enill tir yn y wlad, fod y deddfau uchod
wedi cael eu gwneyd, a bod dynion yn cael eu
dyrchafu, a gwareiddiad yn ymdaenu yn fudd-
ugoliaethus dros y byd. Mae tystiolaethau
unfrydol haneswyr yn gefnogol iawn i'n syn-
iad parth cynydd Lloegr dan ddylanwad
Cristionogaeth yn fwy na than un dylanwad
arall.

Cyfleuwn dystiolaethau ychydig o honynt
yma, ac ychwanegwn atynt eraill yn y penodau
dilynol. Bydd darllen y tystiolaethau hyn
yn sicr o ddylanwadu ar bob meddwl dirag-
farn i fod yn fwy parchus o rodd fawr cariad
y Duw tragywyddol.

Mae yr hanesydd enwog Guizot, wrth
draethu ar gyflwr cyntefig Prydain a sefydliad
llywodraeth Lloegr yn cyfleu y syniadau can-

lynol : "Uniad *rhyddid* meddyliol fel y bodolai yn yr hen amser, a *gallu* meddyliol fel y dadblygai ei hun yn y sefydliadau Cristionogol, yw yr elfen wreiddiol a phrif nodwedd gwareiddiad diweddar. Ac y mae yn ddiamheu mai yn mynwes y chwyldroad a ddygwyd oddiamgylch gan Gristionogaeth yn mherthyn. as trefniadau ysbrydol a thymorol, neu berthynas y meddwl a'r byd allanol, y cafodd y chwyldroad newydd hwn ei darddiad a'i oruchafiaeth gyntaf." Dywed Mr. D'Aubigne, mewn cysylltiad a'r Diwygiad a ddechreuwyd drwy offerynoliaeth M. Luther, ac a gariwyd yn mlaen yn y gwahanol wledydd gan Calvin ac eraill : "Amlygodd Cristionogaeth yr un gallu adgenedliadol yn yr unfed-ganrif-arbymtheg ag a ddangosodd ar ei chychwyniad cyntaf : yn mhen pymtheg canrif, cynyrchodd yr un gwirionedd yr un effeithiau. Gorchfygodd yr efengyl yn nydd y Diwygiad, fel yn nyddiau Petr a Paul, yr anhawsderau mwyaf gyda nerth buddugoliaethus : cynyrchodd ei gallu godidog y cyffelyb effeithiau o'r gogledd i'r deheu, ar genedloedd tra gwahanol o ran arferion, cymeriadau, a galluoedd meddyliol. Cyneuodd y pryd hwnw, fel yn amser Stephan a Iago, dân brwdfrydedd ac ymgys-

egriad yn y cenedloedd difywyd, a chododd
hwynt i wres merthyrdod."

Hanesydd arall a ysgrifenai parth Cristion-
ogaeth a rhyddid fel hyn: "Pan ddaw yr
enaid i gydnabod ei berthynas uniongyrchol
â gallu uwch-ddynol, mae athroniaeth hawl
ddwyfol breninoedd, a dyledswydd deiliaid i
roi ufudd-dod llwyr a pherffaith iddynt, yn
ymgilio am byth. Fel hyn y mae Protestan-
iaeth a rhyddid gwladol wedi gwasanaethu y
naill y llall drwy holl hanesiaeth ddiweddar.
Daethant i waered law yn llaw drwy yr oes-
au o goll-farnedigaeth a gwaed; gyda tharian
wrth darian, y safasant ar faes y frwydr yn
Lloegr, Cymru, Ysgotland, Holland, a Ger-
many; ochr yn ochr y chwifiwyd hwy ar
draws y cefnfor gan yr un aden; ochr yn ochr
y tyfasant dan y ffynidwydden a'r gelynen,
yn unigrwydd y Byd Newydd. Cymerer
parthlen Ewrop, a noder allan y gwledydd
hyny a gyrhaeddasant agosaf at ryddid cy-
hoeddus trwyadl, a byddis wedi nodi allan
diriogaethau Protestaniaeth. Nodwch y parth-
au ag y mae bywyd gwladol a meddyliol yn
curo wanaf, a disgyn eich llygaid ar wledydd
yn y rhai y mygwyd Protestaniaeth yn foreu
yn ei gwaed ei hun, o'r lle y distrywiwyd

rhyddid gwladol a meddyliol gyda hi"—*Fer-guson.*

Sylwa Mr. T. Levi ar gynydd Prydain a dywed : " Er fod cynydd cymdeithasol a moesol ein gwlad yn ymddangos ar brydiau yn anghanfyddadwy, eto ceir fod dylanwadau dirgel o'i mewn yn cyson weithredu i berffeithrwydd uwch ; ac y mae yn bleser edrych ar welliant a dyrchafiad graddol Prydain Fawr o'i hiselder gwyllt a barbaraidd, i'w gorsedd ddyrchafedig bresenol, i eistedd yn flaenaf yn mysg cenedloedd y ddaear." Ac y mae yn ddiameu genym mai " y dylanwadau dirgel o'i mewn yn cyson weithredu i berffeithrwydd uwch," oedd elfenau Cristionogaeth yn meddyliau y werin—elfenau a gyflwynwyd iddynt drwy y Beibl ac ymdrechion y Diwygwyr crefyddol : canlynyddion Diwygiadau crefyddol oedd y gwelliantau mewn moesau, cyfreithiau a rhyddid ; ffrwythau y pren Cristionogol ydynt. Mae awdwr pwysig yn cydolygu yn gywir a'r syniadau hyn. Wele ei dystiolaeth : "Mae goruchafiaethau Prydain Fawr yn tarddu yn benaf o un ffynonell—rhyddfrydigrwydd. Yn lle erlid dyeithriaid, cefnogai hwynt ; yn lle eiddigeddu wrth eu rhagoriaeth, ceisiai ddysgu a gwella wrth eu hesiampl. Wrth ddilyn y llwybr hwn yn ddiysgog, y daeth o'r diwedd i ragori ar ei meistriaid, ac i gymeryd y lle blaenaf ei hun." —*Wade's England's Greatness*, *p.* 291.

Wrth sylwi ar y dystiolaeth hon, dylid cofio yr hyn ydym eisoes wedi ei ddangos, sef maí Cristionogaeth ddaeth a'r *rhyddfrydigrwydd* crybwylledig uchod i Brydain : Cristionogaeth ddysgodd iddi barchu dyeithriaid ; cyn dyfodiad Cristionogaeth i'r ynys nid oedd fawr barch i estroniaid yno ; ymddygid tuag atynt fel yr ymddygid mewn gwledydd eraill, yn elynol. Dysg Cristionogaeth ni i garu pawb—caru ein cymydog fel ni ein hunain ; ac y mae pob cenedl yn gymydog i'r Cristion.

Mae Wade, Knight, Snowblet a Levi, yn un farn yn y syniadau a ganlyn, y rhai osodwn ger bron yn iaith Mr. Levi ei hunan : " Diameu mai dirgelwch nerth a dyrchafiad y deyrnas hon (Lloegr), uwchlaw holl deyrnasoedd y ddaear yw, fod egwyddorion Cristionogaeth wedi cael cymaint o le yn ei chyfansoddiad, a chymaint o warogaeth gan ei thrigolion."—*Prydain Fawr, tu dal.* 488.

Ac y mae Mr. Green, yr hanesydd diweddaraf—gwaith yr hwn a ystyrir y prif waith ar

hanes trigolion Lloegr, yn hollol yr un farn
a'r mawrion dysgedig a nodwyd uchod.

Mae pethau eraill, megys rhaniad y tir a
thaliad trethoedd, yn dal cysylltiad agos a
chymdeithas a gwladlywiaeth. Ond digon ar
hyn yw nodi fod yr hen gyfundrefn dirol wr-
iogaethol wedi diflanu i raddau helaeth, ac y
mae " Mesur Tir y Werddon" a basiwyd drwy
ddylanwad Mr. Gladstone yn ddiweddar yn
nghyda gogwyddiad y meddwl cyhoeddus fel
ei dangosir yn awr gan y bobl yn Ysgotland,
Lloegr, a Chymru, yn hawlio diwygiad yn
nghyfraith y tir drwy yr holl deyrnas. Mae y
bobl wedi blino ar weddillion y *feudal system*,
ac y maent yn ngoleuni llachar y bedwerydd-
ganrhif-ar-bymtheg, ac o dan ddylanwad dysg-
eidiaeth y Beibl, yn hawlio y tir i'r werin ac
nid ei adael yn eiddo rhyw ychydig o berson-
au hunan-deitlog. Ac o berthynas i dalu
trethi, mae Cristionogaeth yn cymell ei deil-
iaid i gydnabod a pharchu y rhai sydd mewn
awdurdod arnynt, a "rhoddi eiddo Cæsar i
Cæsar, ac eiddo Duw i Dduw." Cyflawnodd
Crist wyrth er mwyn cael arian i dalu y dreth
drosto ef ei hun a'i Apostol tlawd ei amgylch-
iadau. Ac felly y mae ei esiampl a'i orchym-
yn yn cyd-gymell pawb i dalu y trethoedd a

pharchu y llywodraethwyr. Parch i'r hwn y
mae parch yn ddyledus, a threth i'r hwn y mae
treth yn ddyledus. Nid trwy wrthod talu y
trethoedd, ac nid trwy godi arfau, y mae
teyrnasoedd y byd i ddyfod yn eiddo ein
Harglwydd ni a'i Grist Ef; eithr trwy ddysgu
egwyddorion y Testament, a thrwy gael cariad
Crist ar led yn nghalonau penaethiaid a deil-
iaid, y mae yr amser hyfryd i wawrio, trwy
gael gwybodaeth yr Arglwydd i doi y ddaear
fel y toa dyfroedd y môr—pawb yn adnabod
yr Arglwydd o'r lleiaf hyd y mwyaf.

Dosran 3. — Cyd-genedlaetholdeb. — Mae
ychydig o sylwadau ar y pwnc hwn yn briodol
yma ; ond nid oes angen llawer o ffeithiau i
brofi neu i ddangos fod Cristionogaeth yn
dylanwadu i ffurfio cymdeithas gyd-genedl-
aethol, yn tynu cenedloedd at eu gilydd. Yr
oedd y Groegiaid yn genedl athronyddol—
cenedl wrteithiedig ; ond yr oeddent yn gyf-
ranogion o nodweddion cenedloedd paganaidd
yn gyffredin. Yr oedd elfenau eu hundeb
cenedlaethol yn cael dangosiad a chryfhad yn
undeb gwaed, undeb iaith, undeb defodau
crefyddol, ac undeb arferion, cyd-gyfarfyddent
wrth yr oraclau, ac yn y gwyliau cenedlaethol.
Yr oedd eu hundeb yn undeb i gadw eu han-

nibyniaeth trefedigaethol. Yr oedd yn an-
mhosibl i Groegyddiaeth enill tir a dal y byd
yn un, gan na chydnabyddid cydraddoliaeth y
llwythau, ac unoliaeth y teulu dynol: tu allan
i'w cenedl, barbariaid oedd pawb, gwrth-
ddrychau i'w gwrthod a'u cashau. Pan dor-
odd rhai o'u penaethiaid dros y terfynau er
mwyn boddloni uchelgais bersonol, gwnaeth-
ant hyny ar draul agor y ffordd iddynt gael eu
dinystrio; er llwyddo am ychydig, llwyddo i
golli eu bodolaeth genedlaethol annibynol a
wnaethant.

Y mae yr un peth yn wirionedd am y Rhuf-
einwyr a holl genedloedd y byd : mae rhyw
ddygasedd a chulni yn y naill genedl at y
llall ; ac y mae "*caste*" yn gwthio llwythau a
chenedloedd oddiwrth eu gilydd. Ond y mae
Cristionogaeth yn meddu undeb eangach na
chylch cenedl a gwlad ; neu, yn hytrach, y
mae amgyffrediad eangach o'r pethau hyn gan
Gristionogion. Golygant fod undeb gwaed
rhwng pob dyn ; ac ymdrechant ymdrech deg
i gael undeb crefyddol rhwng pob person, o
bob llwyth, iaith, a phobl, a rhyddid brodyr a
chwiorydd i'r oll yn efengyl Crist.

Y mae Cristionogaeth drwy daenu ar led yn
nghalonau ei deiliaid gariad Crist, yn cymell

pawb i garu eu gilydd, a charu hyd y nod eu
gelynion ; a gwneyd da i'r rhai a wnant niwed
iddynt.   Tyn yr efengyl genedloedd at eu gil-
ydd ; una hiliogaethau gwahanol â rhwymyn
parch a thangnefedd ; una wledydd, a ffurfia
rhyngddynt undeb cyd-genedlaethol.   Mae y
duedd undebol hon yn cael dadblygiad yn y
cledrffyrdd, yn y traws-gamlesydd, yn y ffyrdd
tan-ddaearol a wneir o un wlad i wlad arall ;
megys yr un a wneir yn bresenol dan yr
English Channel i gysylltu Lloegr a Ffrainc.
Tyllir mynyddau, a gorchuddir afonydd a
phontydd anferth i'r dyben i ddyfod a gwled-
ydd a chenedloedd i undeb a'u gilydd.   Mae
y llythyr-god, y pellebyr, a'r pell-leferydd, yn
ddangosiad o'r un awyddfryd : cynyrchion
gweithrediad Cristionogaeth ar y deall a'r
galon yw y rhai hyn.   Ac y mae yr oll yn
dangos fod yn y byd yn awr ddylanwad new-
ydd anadnabyddus i'r henafiaid ; dylanwad yn
gweithredu er enill pawb, yn raddol, i gyd-
feddwl, cyd-deimlo, cyd-garu, a chydweithio ;
a hyny er mwyn dadblygiad dynoliaeth a lles
yr holl gorph, yn ol cyfiawnder ac mewn
heddwch.
    Yr oedd Paul yn pregethu yr athrawiaeth
hon wrth yr Areopagiaid ar Mars Hill yn

Athen, pan y dywedai fod Duw o un gwaed wedi gwneyd pob cenedl i breswylio ar wyneb yr holl ddaear—un Duw, un gwaed, ac un ddaear. Ceisiai yr Apostol gan yr Atheniaid i beidio ymgodi o ran eu teiml- adau a'u syniadau uwchlaw pawb eraill; cymellai hwynt i barchu pawb fel eu perthyn- asau agos, o'r un gwaed, a thrigolion yr un byd, a chreaduriaid yr un Creawdwr.

Nid yw yr egwyddor hon yn Nghristionog- aeth yn lythyren farw yn y Cristionogion. Mae y cymdeithasau cenadol, y personau a aberthant eu harian, a'r cenadon a ymgyflwyn- ant i waith cenadol yn mysg paganiaid anwar- aidd y byd, yn dangos yr egwyddor hon mewn gweithredoedd teilwng o edmygedd.

Dosran 4.—Manteision y gorphenol.—Nid ydym i feddwl fod y byd yn gwella yn natur- iol yn yr oes hon am fod pethau yn awr yn addfedu o ran eu hunain yn eu tymor priodol; ac na chafodd y byd fanteision na chewri yn y pedair mil cyntaf o flynyddoedd oes ei bres- wyliad gan ddynion.

Pe buasai athrylith, hyawdledd, cyfoeth, a gallu milwrol, yn medru diwygio y byd, buas- ai hyn wedi ei wneyd i berffeithrwydd uchel cyn dyfodiad Cristionogaeth iddo.

8

Bu yr Aipht yn gartref gwybodaeth, cref-
ydd, cyfoeth, a gallu milwrol enwog, ac yn
ychwanegol at hyn bu Rhagluniaeth yn gwenu
yn neillduol ar y wlad hono; ond er hyn oll,
ymlygrodd a syrthiodd i ddinodedd. Y mae
yr Aipht heddyw yn hen wlad, ac yn hen wlad
druenus ei chyflwr, yn wrthddrych tosturi, ac
yn faes agored i elusengarwch weithio yn
mysg trigolion gwir angenus. Daeth Babilon,
Media a Persia i fri mewn gwybodaeth, crefydd
a gallu milwrol a gwladol—cawsant gewri
lawer, ond gorchfygwyd hwynt, a diflanodd
eu dylanwad. Cododd y Macedoniaid i awd-
urdod, a'r Groegwyr ar eu hol hwynt, gydag
Alexander Fawr yn dad y llywodraeth; ond
gorfu iddynt hwythau ymgilio o'r maes gan
adael Rhufain a'i lluman i arglwyddiaethu y
byd; ond maent oll wedi diflanu er ys oesau
bellach, gan adael y byd yn yr un cyflwr isel,
yn nghanol tywyllwch mawr a barbareidd-
dra du.

Dywed Rollin, wrth edrych ar hanes y byd
cyn i Iesu Grist ddod a'i grefydd iddo,
" Wele yma, a siarad yn iawn, ddarlun ar radd
fechan o barhad yr oesau, o ogoniant a gallu
ymerodraethau y byd; mewn gair, o bob peth
mwyaf gorwych ac abl i enyn edmygedd yn

mawredd dynol! Y mae pob ardderchawg-
rwydd, drwy gyd-gyfarfyddiad dymunol, yma
i'w gael; tân athrylith, lledneisrwydd chwaeth,
yn cael eu canlyn gan farn gadarn; gallu ar-
eithyddol anghyffredin yn cael ei gario i'r per-
ffeithrwydd mwyaf, heb ymadael oddiwrth
natur a gwirionedd; gogoniant arfau rhyfel,
a chelf a gwyddor; gwroldeb yn gorchfygu, a
medr yn llywodraethu. Y mae y byd wedi
cael yn agos bob math o ffurf-lywodraeth:
patriarchiaeth, breniniaeth, ymerodraeth a
gweriniaeth o wahanol fathau; ac eto, ni all-
asant ddiwygio y byd. Y fath dorf o ddyn-
ion mawrion o bob dosbarth y mae y darlun
yn godi i'n sylw! Y fath freninoedd galluog
a gogoneddus! Y fath gadfridogion! Y fath
orchfygwyr! Y fath lywodraethwyr! Y fath
athronwyr dysgedig! Y fath ddeddf-wneuth-
urwyr edmygol!"—*Ancient History, p.* 566.

Ond er y cwbl, gadawyd y byd mewn ystyr
foesol, yn isel; mewn ystyr grefyddol, yn
eilunaddolgor; o ran gwybodaeth, yn dywyll-
wch; ac o ran cyfraith wladol, yn greulon,
gorthrymus ac anwaraidd.

Ond er na fedrodd y mawrion uchod godi y
byd i safle foesol ac anrhydeddus; daeth Un
i'r byd yn llawn o'r elfenau "gras a gwirion-

edd," anhebgorol i ddyrchafu dynoliaeth, a
gwneyd gwyneb y ddaear yn debyg i wyneb
y nefoedd, a gorfu i'r rhwystrau oll roi ffordd
o flaen dylanwad Cadben mawr ein hiachawd-
wriaeth—y Brenin Iesu.

Daeth eraill yn orchfygwyr dynion drwy
drais; ac yn oresgynwyr gorseddau drwy frad-
wriaeth; lladdwyd breninoedd ac ymerawd-
wyr a'u hetifeddion, a defnyddiwyd arfau
rhyfel creulon er mwyn sicrhau gorseddau y
ddaear i eraill uchelgeisiol. Ond am Iesu,

> " Un arf ni welwyd yn ei law,
> Na thanllyd gledd i beri braw."

Ac eto y mae yn orchfygwr byd-glodus.

Goruchafiaeth allanol yn unig oedd eraill yn
gael; ac felly, o angenrheidrwydd, yn diflanu.
Ond Crist, goruchafiaeth fewnol yw ei eiddo
ef. Y mae yn gosod ei ddylanwad ar y galon,
yr ewyllys, y serch, a'r deall, a hyn ar bob un
o'i ddeiliaid yn bersonol. Ac wedi gorchfygu
y mewnol, ufuddha yr allanol yn ewyllysgar
a diolchus. Gorchfygu er mwyn caethiwo a
darostwng wnaeth pawb eraill; gorchfygu er
mwyn rhyddhau a dyrchafu y mae Iesu : " Os
y Mab a'ch rhyddha chwi, rhyddion fyddwch
yn wir." Nid rhyddid ysbrydol yn unig sydd

briodol feddwl i'r geiriau yna, eithr rhyddid daearol a thymorol hefyd.

Y mae natur goruchafiaeth Cristionogaeth yn sicrhau ei pharhad a'i helaethiad. Llwyr orchfygir y byd gan ddylanwad Cristionog·aeth. Mae crefydd Crist i gael cymdeithas yn gwbl dan ei dylanwad ; ac y mae yn ddy·munol genym ar ol edrych dros y maes i allu tystio fod Dylanwad Cymdeithasol Cristionog·aeth yn crefyddoli, moesoli, gwareiddio, dysgu, uno, a heddychu pawb ; yn dwyn y berthyn·as a fodolai yn wreiddiol rhwng dynion, ac a fodola eto, i amlygrwydd, a sefydlu anwyldeb goleuedig a rhesymol rhwng pawb o bobl y byd.

PENNOD VI.

Crynhoad o Ffeithiau a'u Hawgrymiadau.

Mae Cristionogaeth yn dylanwadu i ddysgu, moesoli a chrefyddoli y byd. Cefnogir y gos·odiad yna gan brif awduron yr oesau. "Daeth Homer, y bardd Groegaidd, yn apostol gwareiddiad, ac yn dad gwrteithiad meddyliol; gwnawd ef, drwy ei weithiau, yn brif athraw i feibion Groeg; yn gymellydd i feddyliau urddasol a gweithredoedd beiddgar gwron·iaid."—*Dr. Newman.*

Daeth ar ei ol ef gewri llenyddol eraill, yn feirdd ac yn athronwyr; gwnawd Groeg yn gartref gwrteithiad meddyliol, fel ag y bu Rhufain yn ganolbwynt llywod·ddysg. A daeth cynyrchion meddyliau y Groegiaid, drwy redwelïau Italaidd, yn alluoedd dylanwadol iawn ar y byd o blaid gwareiddiad a dysgeidiaeth. Ond er fod cynyrchion cewri Groeg yn frith gan grefydd a duwiau, eto fel yr oeddent yn dyfod yn mlaen drwy yr oesau, ac i blith gwahanol genedloedd, yr oeddynt yn gadael eu dylanwad a'u nodweddion crefydd·ol ar ol yn eu mangre enedigol; yn unig car-

ient ddylanwad ar y meddwl yn ffafr gwy-
bodaeth, ac ar yr ymarweddiad yn ffafr moes-
oldeb; ond ni allent wneyd dim â'r galon a'r
gydwybod yn ffafr eu duwiau a'u crefydd.

Rhaid oedd cael ffrwd gref a rhinweddol o
Jerusalem i lanhau y galon a thawelu cydwy-
bod euog. Yr oedd dylanwad Cristionogaeth
yn orchfygol ar baganiaeth; yn glanhau dysg-
eidiaeth oddiwrth gyfeiliornadau crefyddol. Yr
oedd dylanwad yr " afon bur o ddwfr y byw-
yd " y fath ag i atal yn hollol rediad ffrydiau
crefyddol Homer, Hesiod, Pindar, Æschylus,
Sophocles, Aristophanes, Socrates, Plato, Aris-
totle, &c.

Pe buasai bardd a barddoniaeth yn alluog i
adferyd y byd, buasai Homer ac eraill wedi
llwyddo; pe buasai hyawdledd areithyddol yn
medru dod a'r byd i'w le, buasai hyn wedi cael
ei wneyd gan Demosthenes, prif siaradwr yr
hil ddynol.

Pe gallai athronwyr dwfn-ddysg wareiddio
dynion a'u dyrchafu, buasai hyny wedi cael ei
wneyd gan bersonau fel Socrates a Plato. Yr
oedd Socrates yn wir fawr fel athronydd;
braidd na welodd wirioneddau mawrion Crist-
ionogaeth yn llyfr natur. Yr oedd Plato yn
athronydd moesoldeb a gwladlywiaeth gyda y

goreu o ddynion a ddaeth i'r byd erioed, ac ystyried yr oes yr oedd yn byw ynddi. Yr oedd y ddau gawr hyn yn dysgu dirwest, cyf·iawnder, a bywyd rhinweddol. Er hyny, yr oedd hadau llygredigaeth yn eu hathrawiaeth, yn enwedig parth cysylltiad y bobl a'r llyw·odraeth wladol.

Honent fod y bobl yn bodoli er mwyn y llywodraeth, ac nid y llywodraeth er mwyn y bobl. Cafodd y byd, fel y nodwyd eisoes, ddynion mawr eraill. Dyna Aristotle, er eng·raifft, yr oedd ef yn ddysgawdwr mawr a dy·lanwadol; a dywedir iddo ddyfod yn agos iawn yn ei drefniadau at angen dynolryw. Ond er cael cewri mewn dysg, hyawdledd, rhinwedd a gallu, eto, enw Iesu sydd yn bwysig yn y byd; ynddo ef y mae gallu dyrchafol dynoliaeth ; efe a'i gyfundrefn sydd wedi, ac yn codi, y byd tua'r nefoedd. Nid rhyfedd fod yr enwog T. Erskine wedi ysgrif·enu y sylwadau canlynol wrth gydmaru y Beibl â llenyddiaeth gyffredin yr oesau. " Yn y Beibl gosodir Duw allan fel yn gwneyd pob peth, ac fel yn achos a thuedd pob peth ; ac y mae dyn yn ymddangos yn unig fel y saif yn ei gysylltiad â Duw naill a'i fel creadur gwrthryfelgar neu yn wrthddrych dwyfol ras.

'Tra yn y byd, ac yn llyfrau hanesiol y byd, yn ol ei farn ei hun, ymddengys dyn fel pe yn gwneyd pob peth ei hunan; ac y mae can llei-ed o gyfeiriad at Dduw a phe na byddai gwrthddrych felly yn y bydysawd." Y mae hyn yn awgrymu nad yw dylanwad llenydd-iaeth ddynol tu allan i ddadguddiad Dwyfol yn dylanwadu i uno y byd â Duw.

O'r tu arall, y mae yn amlwg fod Cristion-ogaeth yn cymodi y creadur a'i Greawdwr—yn gwneyd dyn yn grefyddol yn ogystal ac yn ddysgedig. Bod Cristionogaeth wedi gwneyd hyn eisoes sydd osodiad a ategir gan dystiol-aethau hanesyddol. Ac yn mhellach, ni ddaeth llenyddiaeth i fri gwirioneddol a sicr hyd nes i Gristionogaeth ddyfod i anrhydedd yn y byd; wedi iddi hi enill gorseddau teyrn-asoedd i'w deiliaid y cafodd gwrteithiad meddyliol gyflawn ddadblygiad; pryd hyn y daeth ysgolion o'r A B C yn mlaen hyd yr W a'r Y ysgolawl, yr Alpha a'r Omega dysgeid-iaeth, i fodolaeth a bri yn mysg cenedloedd y ddaear; ac yn mysg y cenedloedd Cristionog-ol y mae ysgolion a gwybodaeth yn cael cefn-ogaeth a nawdd y lluaws, ac nid yn y gwled-ydd paganaidd. Y mae yn anhawdd peidio teimlo wrth sylwi ar ogwyddiad pethau, fod

dylanwad Cristionogaeth o blaid agor holl
gelloedd y deall, a holl drysorau llenyddiaeth;
cymella yn gefnogol bob meddwl uchelryw i
ddwyn allan syniadau prydferth a chywir,
parth natur, daear a dyn, yn ogystal a dysg-
eidiaeth parth yr ysbrydol.

Yn sicr, y mae meddwl arwyddocaol iawn
yu y ffigyr, "Haul cyfiawnder a gyfyd i chwi
. . . . a meddyginiaeth yn ei esgyll." Gwedi
i'r Haul hwn godi, daeth yn ddydd goleu ar
y byd moesol—ar wybodaeth a chrefydd. Y
mae eisoes waith wedi cael ei wneyd yn y byd
a barha byth, er pan gododd yr Haul hwn.
Mae cyfiawnder wedi dyfod gydag ef—gwas-
gara dueddiadau cyfiawn yn mysg y bobl;
mae ei fendithion yn feddyginiaeth ag sydd
yn gwella y byd, er yn raddol, eto yn sicr.
Dylanwadodd ei oleuni a'i wres ar ffynonellau
natur, ac ar gloion y byd i'w hagoryd. Gwedi
i'r Haul hwn godi, mae gwyddoniaeth a chelf-
yddyd wedi gwneyd gorchestion synfawr;
darganfyddwyd deddfau lawer yn natur; ac y
mae cywreinrwydd y meddwl dynol mewn
celfyddyd wedi ymenwogi drwy ddyfeisiadau
lluosog. Mae y byd wedi gwneyd gwaith
mawr, wedi teithio llawer tuag at berffeith-
rwydd er pan ymddangosodd yr Haul hwn yn

ffurfafen y byd i wneyd y dydd Cristionogol.
Yr ydym yn cael yn hanes Prydain Fawr,
mai wedi i Gristionogaeth fyned yno y de-
chreuodd y trigolion ymddadebru o'u cwsg i
ymgymeryd a'r gwaith o wella eu hamgylch-
iadau, a lluosogi eu cysuron drwy ddiwyd-
rwydd personol. Yn nheyrnasiad Elizabeth
y bu Lloegr yn fwyaf ymroddol i fasnachu â
gwledydd eraill—y daeth morwriaeth yn el-
fen bwysig—y daeth y bobl i godi tai gwedd-
us iddynt i fyw ynddynt—i amaethu yn gelf-
yddgar—i fynu ymborth o radd uchel, ac i
wisgo yn drwsiadus a gweddaidd. Daeth llen-
yddiaeth i fri, a'r wasg i anrhydedd. Dyma
yr adeg y cymerwyd at wneyd defnydd teil-
wng o'r argraff-wasg. Ac er y gorfu i lawer
o fynachdai gael eu dinystrio o herwydd culni
ac ystyfnigrwydd Pabyddol y mynachod, eto
sefydlwyd llawer o ysgolion uwchraddol yn y
wlad, a pharhant i gynyddu o hyd mewn nif-
er, ac y maent yn llaw-forwynion Cristionog-
aeth i ddiwyllio a magu y werin yn addysg ac
athrawiaeth gwareiddiad, moesoldeb, gwybod-
aeth, rhinwedd, a chrefydd. Y mae yr un
math gynydd i'w weled yn amser Cromwell,
y Senedd Fach, a'r Weriniaeth Brydeinig yn
yr ail-ganrif-ar-bymtheg. Hyd y dyddiau hyny,

ni bu person mwy Cristionogol mewn awdur-
dod gwladol erioed yn Lloegr; ac fel caulyn-
iad naturiol, ni bu rhyddid cydwybod yn
mhob ystyr yn cael mwy o le yn y wlad nag
yn y tymor hwnw. Yr oedd Cromwell yn
gofalu hefyd i ddefnyddio pob cyfleusdra i gael
pob gwlad a llywodraeth ag yr oedd cytun-
deb rhwng Lloegr a hwynt, i sicrhau, nid yn
unig ryddid masnachol, ond hefyd ryddid cyd-
wybod, a phrawf teg yn mhob llys. Nid oedd
egwyddor rhyddid crefyddol yn cael ei deall
yn y wlad hon hyd adeg fyth-gofiadwy y Wer-
iniaeth; Cromwell ydoedd ei hesboniwr a'i
sylfaenydd."—*T. Levi, Prydain Fawr, tu dal.*
402.

Gellir dyweyd am Weriniaeth yr Unol Dal-
aethau hefyd, fod nodwedd rydd ei chyfan-
soddiad wedi cael ei ganfod a'i gyfleu, neu ei
osod yn safon y llywodraeth, gan ddynion
crefyddol, wrth edrych ar a myfyrio Cristion-
ogaeth yn ei gweithrediad eglwysig. Ac y
mae gogwyddiad presenol Ewrop, yn ogystal
a theimladau a meddyliau cenedloedd mwyaf
goleuedig y byd, yn naturiol yn galw am
ryddid —rhyddid cyflawn. "Mae yn eglur nas
gall dynoliaeth byth sylweddoli y drychfedd-
wl o berffeithrwydd cymdeithasol, ond drwy

neu fel cymdeithas resymol, drwy undeb a 'brawdoliaeth y teulu dynol, a chysoni pob un-igolyn â'r rheswm dwyfol. . . . Sicr yw nas gellir ei ddwyn oddiamgylch byth drwy sef-ydliadau gwladol yn unig, gan unrhyw gyd-bwysiad o'r galluoedd cyd-genedlaethol. Crist-ionogaeth yn unig all effeithio y brawdoliaeth cenedlaethol hwn, a rhwymo yn nghyd y teulu dynol mewn cymdeithas rydd, resymol a moes-ol."—*Guizot History of Civil.*, *p*. 31, *n.*

" Mae deddfau cymdeithasol Crist a'i apos-tolion tu hwnt i bob dadl, y rhai perffeithiaf a roddwyd erioed i'r byd."—*Christian Soc.*, *p.* 42.

Pan yr ystyriom yr hyn y mae y Beibl a Christionogaeth wedi wneyd yn y byd, nid yw yn rhyfedd fod y syniadau canlynol i'w cael yn " *Freeness of the Gospel*," gan y diw-eddar T. Erskine, Esqr.: " Y mae yn anmhos-ibl edrych i'r Beibl gyda gradd gyffredin o sylw a myfyrdod, heb deimlo ein bod wedi dyfod i awyrgylch foesol hollol wahanol oddi-wrth yr hyn a anadlwn yn y byd, ac yn llenydd-iaeth y byd."

Mae Dylanwad Cymdeithasol Cristionogaeth yn Dduwgarol a dyngarol. Nid oes achos cof-nodi dim i brofi fod crefydd Crist yn dod a

dyn i garu Duw; mae y gosodiad yma yn hun-
an-brofedig. Ac y mae yr ysgolion, yr ysbyt-
tai, a gwahanol gymdeithasau noddawl ac el-
usenol a hynodant y cyfnod hwn oddiwrth bob
cyfnod arall yn oes y byd, yn profi DYNGAR-
WCH Cristionogaeth. Gellir dyweyd gyda
phriodoldeb neillduol, fod yr ysgolion yn dyst-
golofnau o Grist fel Athraw; yr ysbyttai yn
gof-golofnau o honuo fel Meddyg, a'r cymdeith-
asau gwahanol yn golofnau mynegol o hono
fel Dyngarwr; cynyrchion ei oes ef ydynt.

Dyna " *The Royal National Life-boat Insti-
tution* " yn engraifft deg o ddylanwad Crist-
ionogaeth i gadw bywyd naturiol dyn. Ach-
ubwyd 12,282 o fywydau drwy gymorth y
Gymdeithas hon, er ei dechreuad yn 1824 O. C.
hyd 1861 O. C. Mae wedi gwario miloedd
lawer o arian i wneyd bywyd-fadau, a'u defn-
yddio mewn gwahanol fanau, a GWEINIDOG EF-
ENGYL CRIST oedd prif ddyfeisydd y gelf fen-
digedig hon. Y mae yn yr Unol Dalaethau
hefyd ei " *Life Saving Service, an Organized
Bureau of the Treasury Department,*" i'r un
amcan a'i chwaer gymdeithas yn Mhrydain
Fawr.

Yn yr hen amseroedd, yr oedd mordeithwyr
yn ofni llong-ddrylliad ar unrhyw lan, rhag y

byddai yno haid o lofruddion a fyddent yn
byw ar beth o'r fath, a chael eu lladd er mwyn
cael eu heiddo. Yn awr, y mae ar hyd glanau
ein moroedd a'n llynoedd mawrion orsafoedd
a darpariadau i gynorthwyo, ac i achub byw-
yd a meddianau morwyr a mordeithwyr a
oddiweddir â llong-ddrylliadau o fewn eu cyr-
haedd. Yn 1880, dygwyddodd 300 o alanas-
trau i longau yn nhiriogaethau y *"Life Saving
Service,"* yn cynwys ar eu byrddau 1,989 o
bersonau; ond ni chollwyd o'r rhai hyn ond
naw. Dyma beth o ffrwyth Dylanwad Cym-
deithasol Cristionogaeth. Pethau oes Crist
yn y byd, a phethau gwledydd Cristionogol,
ydynt y pethau hyn, er eu bod yn cael eu han-
fon gan ddyngarwch Cristionogol i wledydd
eraill. Y mae yr ymgeision hyn yn ngwled-
ydd Cristionogol yn dra gwahanol i ymddyg-
iadau trigolion paganaidd Bagdad yn 1831,
mewn cysylltiad â bywydau dynion yno. Yno,
amser y pla mawr, cododd yr afon, a golch-
odd ymaith 15,000 o'r trigolion; ond ni wnaeth
y bobl un ymdrech i'w hachub, nac un sylw
o'r peth.—*Divine Government, Dr. Melash, p.*
247.

Meddylier eto am y gwahanol Gymdeithas-
au Cenadol o eiddo Cristionogaeth, y rhai a

anfonant genadon i bob parth o'r byd i ddysgu
a gwareiddio y paganiaid, a bydd hyn yn sicr
o ddylanwadu ar y meddwl yn ffafriol i Ddy-
lanwad Cymdeithasol Cristionogaeth. Gosod-
wn ger bron yma ddarlun yn dangos y gwa-
haniaeth sydd rhwng dynion dan ddylanwad
paganiaeth a dynion dan ddylanwad Cristion-
ogaeth. Cawn y darlun yn yr hanesyn can-
lynol gan y cenadwr Affricanaidd cyntaf, sef
Mr. Moffat. Dywed: "Yn un o'm teithiau
cyntaf, daethum, gyda'm cymdeithion, i ben-
tref paganaidd ar lanau yr Orange River. Yr
oeddem wedi teithio llawer, ac yr oeddem yn
newynog, sychedig, a blinedig iawn ; ond
gwnaeth trigolion y pentref yn lled swrth ein
gorchymyn i aros draw, a sefyll dipyn o ffordd
oddiwrth y pentref. Gofynasom am ddwfr,
ond ni wnaent ei roi ef. Cynygiais iddynt y
tri neu'r pedwar botwm oedd weddill ar fy
nghôt am ddracht o laeth, ond gwrthodasant
ef. Yr oedd ein rhagolygon felly am noson
arall o newyn, o gyrhaedd dwfr, er fod afon
yn ein golwg, yn eithaf digalon a thruenus
iawn. Ond gyda gwyll y nos, gwelem wraig
yn cyfeirio tuag atom dros y bryn draw ag
oedd rhyngom a'r pentref. Yr oedd yn cario
ar ei phen faich o goed, ac yn ei llaw lestr yn

llawn o laeth. Rhoddodd y llaeth i ni; yna
gosododd y coed i lawr, a dychwelodd i'r pen-
tref. Daeth yr ail dro a llestr coginio ar ei
phen, a darn mawr o gig dafad yn un llaw, a
dwfr yn y llaw arall. Eisteddodd i lawr, heb
yngan gair; cyneuodd dân, a gosododd y cig
arno. Gofynasom unwaith ac eilwaith pwy
oedd; ond aros yn fud wnaeth hi, hyd nes i
ni ddymuno yn daer arni i roi rheswm am y
fath garedigrwydd annysgwyliadwy i ddy-
eithriaid. Yna treiglodd ei dagrau dros ei
gruddiau tywyll, ac adroddodd i ni a ganlyn :
' Yr wyf yn ei garu Ef, eiddo yr hwn ydych
chwi; ac yn sicr, y mae yn ddyledswydd arnaf
i roi i chwi phioled o ddwfr oer yn ei enw ef.
Y mae fy nghalon yn llawn, felly nis gallaf
ddyweyd y llawenydd a deimlaf wrth eich
gweled yn y lle pellenig hwn.' Wedi deall
ychydig o'i hanes, a'i bod yn ganwyll unig,
neu yr unig ganwyll ag oedd yn goleuo yn y
lle tywyll hwnw, gofynais iddi pa fodd yr
oedd yn gallu cadw i fyny oleuni Duw mewn
lle hollol amddifad o gymdeithas y saint?
Tynodd o'i mynwes gyfrol o'r Testament New-
ydd yn y Dutchaeg, yr hwn a dderbyniodd
oddiwrth Mr. Helm, pan yn ei ysgol flynydd-
au yn ol. "Hwn," meddai, "yw y ffynon o'r
9

hon yr wyf yn yfed ; hwn yw yr olew sydd yn
gwneyd i'm llusern oleuo." Dyma fan y gwel-
ir yn eglur Ddylanwad Cymdeithasol Crist-
ionogaeth yn dosturiol, yn deyrngarol, gwrol,
a haelionus. Os yw un Testament wedi dy-
lanwadu fel uchod, beth ellir ddysgwyl fel
ffrwyth y 91,014,448 cyfrolau o'r Ysgrythyr-
au Sanctaidd a gyhoeddwyd ac a wasgarwyd
eisoes yn mhlith gwahanol genedloedd y ddae-
ar gan *The British and Foreign Bible Society.*

Tra yn methu amgyffred dylanwad gwaith y
Gymdeithas uchod, ychwanegwn waith Cym-
deithas arall o'r un nodwedd, *The American
Bible Society.* Y mae hon yn meddu 7000 o
adranau cynorthwyol; ac hyd 1876 O. C., yr
oedd wedi cyhoeddi yn ngwahanol ieithoedd
y byd 33,125,000 o gyfrolau o'r Ysgrythyrau
Sanctaidd. Ac y mae *Chambers' Encyclopœdia*
yn dyweyd fod tua 250,000 o'r Beibl, a 500,000
o'r Testament Newydd, ar draul o tua $400,-
000 bob blwyddyn, yn cael eu hargraffu gan
y Gymdeithas hon ; ac y mae wedi cyhoeddi a
gwasgaru yn mysg y deillion 12,000 o gyfrol-
au o'r Beibl mewn argraffiad cyfaddasedig at
eu hangen yn eu cyflwr annymunol, a'r rhan
luosocaf o honynt wedi eu rhoddi yn rhad.
Gosoder at hyn eto y gwahanol gymdeithasau

o'r un amcanion ag sydd yn y gwahanol wled-
ydd, a chan yr amrywiol genedloedd, a gofyn-
er, Beth all eu dylanwad fod ar y byd? Rhaid
ei fod yn bwysig, ac i raddau yn debyg i ei-
ddo dylanwad yr un Testament Newydd hwnw
a nodwyd uchod oedd gan y wraig dda hono
yn Affrica dywyll.

Mae Cristionogaeth yn ychwanegu ded-
wyddwch hefyd i'r byd. Os ydyw Cristion-
ogaeth yn gwella cymdeithas, rhaid ei bod
hefyd yn dedwyddoli cymdeithas fel canlyniad
naturiol. Nid oedd dysgeidiaeth grefyddol y
paganiaid yn cynyrchu ond ychydig iawn o
ddedwyddwch. Dywedai fod yr enaid yn
myned o un corph i gorph arall, a'i fod yn ag-
ored i gael ei osod mewn corph creadur isradd-
ol, neu fyned i ddifodolaeth hollol; ac weith-
iau gorfodid iddo grwydro ol a blaen, heb
obaith am orphwysfa yn unrhyw fan byth;
neu ynte fyned i Tartarus—uffern. Gwron-
iaid yn unig oedd yn cael myned i Elysium—
nefoedd. Yn sicr, nid oes yn y daliadau yna
fawr o gysur i neb, yn enwedig pan yr ystyrir
yr hyn oedd yn gwneyd person yn "wron."
Nid rhinwedd a daioni, eithr beiddgarwch
buddugoliaethus, oedd elfenau gwroniaeth gan-
ddynt.

Ond y mae Cristionogaeth yn gwerthfawr-ogi yr ymdrechion goreu er lles cymdeithas yn gyffredinol, ac yn dal gobaith am ddedwyddwch didrai o flaen pawb, a phob peth yn cydweithio er daioni i'r rhai sydd yn caru Duw. Mae marw yn orphwys oddiwrth lafur a lludded, yn gysur i'r blinedig, yn "fyned i mewn i lawenydd yr Arglwydd" i'r gorth-rymedig a'r cystuddiol. Ac hyd yn nod i'r annuwiol, dangosir y Tad yn Dduw trugarog a graslawn, llawn cariad, yn gallu achub hyd yr eithaf, a maddeu yr holl anwiredd heb gofio'r camwedd mwy, a hyny i'r penaf o bech-aduriaid a ddel ato i brofi gwirionedd ei addewidion, a chael sicrwydd fod llinellau y bardd yn wirionedd,

"Tra dalio'r lamp i losgi maes,
    Yr adyn gwaethaf all gael gras."

Felly, ar y cyfan, y mae mwy o gysur i'r hwn sydd yn credu yn y Beibl nag i'r hwn nad yw yn gwybod dim am dano, neu na sydd yn credu ynddo fel Llyfr Dwyfol. Mae Cristion-ogaeth yn ateb y byd yn dda; y mae hyn i'w weled yn eglur yn ei llwyddiant a'i buddugol-iaethau bendigedig yn mhob gwlad ac yn mhlith pob cenedl yr ymwela â hwynt. Dy-wed ystadegau fod yn 1880, 410,900,000 o

bersonau ar enw Cristionogaeth. Ni wnaeth
y grefydd hon enill y poblogrwydd hwn heb
gyfarfod â rhwystrau lawer; eto, y mae wedi
llwyddo yn ei grym ei hunan, heb orfodaeth
gallu materol.

Gwnaeth yr Iuddewon eu goreu i ddyfetha
Cristionogaeth yn ei mabandod, yn ei genedig-
ol fan daearol—Palestina; darfu i lywodraeth
Rhufain ymosod arni à holl rym y byd, ond
methodd y cyfan. Y mae Cristionogaeth eto
yn " ymdaith yn amlder ei grym." Llwydd-
odd Rhufain i orchfygu y byd teyrnasol ; dis-
trywiodd y genedl Iuddewig a'u crefydd gen-
edlaethol ddirywiedig, ond enill tir newydd o
hyd wnai Cristionogaeth yn yr amser hwnw
fel yn awr, er fod Rhufain a'i holl egni yn ei
herbyn. "Gwnaeth Ymerawdwyr Rhufain
ddadymchwelyd a llethu y genedl Iuddewig
braidd i'r dim ; orchfygu teyrnasoedd, a gor-
fodi awdurdodau gwladol y byd gwareiddied-
ig i dalu gwarogaeth iddynt ; ond methasant,
er eu holl allu milwrol, ac er cymaint eu cyf-
oeth a'u dylanwad, ddileu Cristionogaeth, neu
orfodi milwyr Crist i roi eu harfau i lawr, a
phlygu i ddefodau a gofynion paganiaeth."—
Garner's Connection of Sacred History, p. 499.

Methodd fflamiau tân Smithfield, er yn

effeithio diflaniad cyrff y merthyron, wrthsef-
yll a diffodd tân Cristionogaeth, rhwystro yn
fuddugoliaethus wybodaeth y groes, fel ei
dysgid gan Wickliffe a'r Lollardiaid; a gorfu
i'r gelyn atal ei dân a'i adael i ddiffodd, gan
fod Cristionogaeth yn anllosgadwy. Mae pob
peth wedi marw ond Cristionogaeth ei hunan.
Enill i'w ffordd ei hunan y mae hi. A phan
ystyriom y cyfryngau at waith sydd gan
Gristionogaeth yn awr; y fath dorf o weith-
wyr, yn bersonau, cymdeithasau, arian a llyfr-
au, ac agoriad i bob gwlad, gallwn yn ffydd-
iog ddysgwyl pethau mawrion iawn yn y dy-
fodol. Ac yn ddios, y mae Dylanwad Cym-
deithasol Cristionogaeth yn fawr a bendithiol.

PENNOD VII.

Ail-ymweliad a Maes y Testyn.

Mae pwnc ein testyn mor bwysig, fel nad ydym yn teimlo i ddiweddu ein hymdriniaeth ag ef heb droi yn ol ac ail-chwilio yr holl faes o'r newydd, gan hyderu y bydd hyn yn foddion i osod ein brawddeg olaf o'r benod flaenorol yn wirionedd mor eglur fel na fydd lle i un amheuaeth parth ei chywirdeb lochesu yn meddwl y darllenydd ystyrbwyll. Mae y maes mor helaeth, a'r tystiolaethau mor lluosog fel ag i'n gorfodi i fod yn foddlon ar ychydig allan o lawer o ffeithiau amrywiol i ategu ein gosodiad.

Tra y mae dyfyniadau o weithiau awduron enwog wedi cael eu gosod yn y traethawd hwn eisoes, y mae yn ddiau genym y bydd ychwaneg o'r un pethau yn llesol i gynorthwyo y meddwl i wneyd dyfarniad teg ar y pwnc. I'r dyben i'n galluogi i fod yn feirniaid cymwys, mae yn briodol ac angenrheidiol i ni gael golwg ar

Y Mynedol a'r Presenol.

Yr ydym yn barod wedi rhoi cipdrem o gyflwr y byd pan ddaeth Crist iddo. Ac er mor

annymunol yr olygfa, ceisiwn gymeryd un ol-
wg ar y cyfnod hwnw eto.

" Yr oedd teyrnasiad drygioni drwy y byd
yn ymddangos fel pe wedi cyrhaedd ei uchder
mwyaf pan ddechreuodd Ioan Fedyddiwr
bregethu yn anialwch Judea.   Yn Rhufain yr
oedd pethau yn eithafol druenus.   Dewis-
ddyn yr Ymerawdwr Tiberius oedd yr adyn
gwaradwyddus Cyaneus.   Ond daeth diwedd
i ysgelerwaith a rhedegfa y creulon-ddyn hwn ;
eithr nid cyn iddo lanw y byd ag arswyd.
Dygodd i fywiogrwydd hen gyfreithiau anar-
feredig ocraeth ; ac yr oedd hyn wedi gwas-
garu dinystr arianol dros yr ymerodraeth.
Yr oedd gweithrediadau gorfodol wedi
gwneyd meddianau yn ddiwerth braidd ; yr
oedd methdaliad yn mhell ac agos.   Llenwid
y llysoedd â dynion yn dymuno galwad yn ol
y cyfreithiau gwrthunol hyn ; tra ar yr un
pryd yr oedd y cyfoethogion yn cadw eu har-
ian yn segur.   Trwy hyn yr oedd masnach
drwy y byd wedi marweiddio.

Yr oedd llawer o'r cyfoethogion wedi eu
darostwng yn gardotwyr ; a'r tlodion yn
dyfnhau yn barhaus yn is i drueni ac angen.
I ychwanegu at y dinystr cyffredinol hwn, yr
oedd dosbarth o bersonau wedi ymgymeryd â

bod yn achwynwyr. Ai y rhai hyn at yr
awdurdodau, gwnaent eu hymosodiadau, a
derbynid eu tystiolaethau ar unwaith ; a myn-
ych anghofid myned trwy ffurfiau y gyfraith,
gan mor barod yr oedd y swyddogion dieg-
wyddor i weithredu yn gosbawl yn ol haer-
iadau yr achwynwyr digywilydd hyn.

Felly llenwid y carcharau gan dorfeydd
euog, yn ol tystiolaethau yr achwynwyr, eithr
diniwed, pe cawsent gyfiawnder ; a gadewid
hwynt yno i farw ; a theflid cyrph menywod
a phlant, yn ogystal a chyrph gwrywod, i'r
Tiber, yn hytrach na myned drwy y ffurf
gyffredin o berthynas iddynt.

Yr oedd Tiberius yn myned yn fwy aflan,
ffiaidd a chreulon yn barhaus ; yr oedd byw-
yd a rhinwedd fel eu gilydd wrth draed ei
drugaredd ; nid oedd neb yn ddiogel rhag yr
achwynwyr gwarthus, a theyrnasai arswyd yn
mhob man.

Yr oedd llofruddiaeth wrth orchymyn yr
awdurdodau, ac aberthau creulon yn lluosogi
yn ddyddiol. Cynaliai yr Ymerawdwr lodd-
est-wyliau gorlawn o anfoesoldeb a ffieidd-dra.
Crynai y gwledydd pellaf o flaen Rhufain.
Yr oedd awyrgylch Rhufain yn dew gan darth
gwaed dynol ; yr oedd llofruddiad a hunan-

laddiad yn arferion y dydd; ac nid oedd hyd
yn nod y menywod yn ddiogel rhag min y
cleddyf dinystriol.   Darlun fel yna ydym yn
gael o Rufain a chymdeithas pan ddechreu-
wyd pregethu yr efengyl.   Ac O, mor dder-
byniol gan y miloedd a dyrent yn dyrfaoedd
i glywed gan Ioan fod "teyrnas nefoedd yn
nesâu."   Yr oedd y bobl yn dra awyddus i
weled prophwyd newydd, mewn gobaith ei fod
yn dod ag ymwared iddynt o'u cyflwr truenus.

Gwelir cyflwr moesol a chymdeithasol y byd
cyn cael Cristionogaeth yn ei dylanwad arno,
yn ymddygiadau Herod Antipas at Ioan Fed-
yddiwr, ac yn chwaeth Herod, Salome, a'i
merch. Dawnsio yn fedrus oedd yn agor calon
Herod i wneyd yr addewid fwyaf i'r ddawns-
yddes; nid oedd tori pen dyn da a diniwed
yn ormod gan Herod i'w gadw rhag gwarth
yn ngolwg gwahoddedigion glythion; a gwell
gan Salome gyngori ei merch i geisio pen Ioan
Fedyddiwr ar ddysgl er mwyn dial ei llid
arno am anghymeradwyo ei godineb â Herod,
yn hytrach na cheisio rhywbeth o fudd iddi.
Ond dyna chwaeth a nodwedd yr oes! Waeth
ymddengys nad oedd hyn yn beth dyeithr yn
y dyddiau hyny ; ac y mae pethau yr un mor
atgas yn cael eu harfer yn ein dyddiau ni yn

mhlith y paganiaid. Dywed Herodotus i
Amestus, gwraig Xerxes, ar ei blwydd-ddydd
genedigol, mewn gwledd un flwyddyn, hawlio
i'w gwr roi fyny wraig Masistes, er mwyn
boddloni ei nwyd genfigenllyd hi. Eiriolodd
y tywysog ar ran y wraig a garai mor anwyl,
ond yn hollol ofer. A gorchymynodd Xerxes
iddi gael ei rhoi i fyny; a thynwyd hi yn
ddarnau, a thaflwyd hwynt i'r cwn ! Dywedir
hefyd y byddai Caligula yn fynych yn Rhuf-
ain yn gosod dynion diniwed i arteithiau ger
bron y rhai a fyddent yn gwledda yn ei balas,
ac anfonai am gleddyfwyr medrus, a gorchym-
ynai iddynt ddangos mor fedrus oeddynt i
dori ymaith benau carcharorion yn mhresenol·
deb y gwahoddedigion er difyrwch iddynt.
Mewn gwledd gyhoeddus yn Rhufain, gwnaeth
Caligula i swyddog dori ymaith ddwylaw
caethwas am iddo fyned a dysgl arian oddiar
ei eisteddle ; a gorfodid y creadur tlawd i fyn-
ed o amgylch ogylch y byrddau a'i ddwylaw
toredig yn hongian wrth linyn wrth ei wddf,
a dangosiad arno yn hysbysu ei drosedd !
Cynelid gwleddoedd cyhoeddus, ac er difyr·
wch i'r gloddestwyr, gosodid cleddyfwyr a'u
cleddyfau i ymladd brwydau angeuol. Weith·
iau newidid yr olygfa drwy osod creaduriaid

rheibus i ymladd â dynion ; ac yr oedd cynifer
a haner can' mil, ac hyd yn nod bedwar ugain
mil, o bobl yn ymdyru i edrych ar yr erchyll-
waith hwn gyda phleser !   Dyna i chwi gym-
deithas a chwaeth dynion na wyddent ddim
am ddylanwad Cristionogaeth ar eu deall a'u
calon.   Dyna i chwi yr hen ddyddiau ; dyna
y byd heb Grist.

Mor wahanol ydyw heddyw !   Mae gwled-
ydd a llywodraethau Cristionogol yn talu mwy
o barch i anifeiliaid y maes nag a delid gan y
Rhufeinwyr a'r Groegwyr pan yn uchder eu
gogoniant, i ddyn ; ie, i wraig rinweddol, hoff
gan ei phriod !   Mae yn hawdd genym gredu
yn nghywirdeb y darlun hwn, am fod cyflwr
gwledydd paganaidd yn yr oes hon yn gosod
ger bron cenadon yr efengyl yr un math ddar-
luniau yn union, fel y cawn ddangos eto.
Tystiolaeth cenadon yn gyffredin yw a gan-
lyn, a ddyfynir genym o waith Dr. Knowlton :
"Y mae cyflwr moesol y paganiaid, fel ei rhodd-
ir gan yr Apostol Paul yn Rhufeiniaid 1 a 3,
yn wir i'r llythyren mewn cysylltiad â phag-
aniaid pob gwlad !   Yn mhob gwlad bagan-
aidd, mae celwydd a lladrad, twyll a rhegu,
pardduo cymeriad, cynllwynion a chynhyrfiad-
au bradwrus, llwgr-wobrwyo, gorfodaeth, a

thrais, yn gyffredinol; ac y mae anlladrwydd, godineb, a gwrywgydiad, yn eithafol gyffred-in." Cawn ragor o'r darluniau torcalonus hyn ar ,ein gwaith yn chwilio y maes i gael gweled y byd yn dod dan ddylanwad Cristionogaeth.

Caethwasiaeth a Christionogaeth.

Mae cadw caethion, a gwneyd dynion yn gaethion, yn hen arferiad; pa mor hen, nid oes galwad arnom i ateb yn awr; ond digon yn bresenol yw dyweyd, ei fod yn henach yn y byd na Christionogaeth; yr oedd mewn bri mawr pan ddaeth Crist i'r byd mewn cnawd. Felly ni ellir priodoli bodolaeth caethwasiaeth i ddylanwad Cristionogaeth, er fod rhai gwled-ydd Cristionogol yn euog o'i lochesu am dym-or. Cawn fod breninoedd a llywodraethwyr wedi bod yn euog o feithrin caethwasiaeth er mwyn elw personol a theyrnasol, yn mhob oes. Yn 1861 O. C., dywedai Cochin, ysgrifenydd enwog yn Ffrainc: " Gwnaeth Yspaen mewn llai na dau can' mlynedd fwy na deg cytundeb i awdurdodi ac amddiffyn, er mwyn lles per-sonol y llywodraeth, drwy drosiad mwy na 500,000 o fodau dynol yn gaethion, gan roi toll ar y rhai hyn i'r swm o $10,000,000. Lloegr hefyd, yn amser y frenines Ann, a

wnaeth gytundeb, er ei helw gyda y gaethfas-
nach, a llawnodwyd y cytundeb hwn gan Es-
gob Bristol, Deon Windsor," &c., &c.

Pan oedd Wilberforce, Clarks, &c., yn 1807,
a mesur yn y Senedd i ddiddymu y gaethfas-
nach, siaradodd amrai yn ei erbyn am ei fod
yn tori ar draws hen arferiad yr oesau. Dy-
wedodd Earl of Westmoreland : "Hyd yn nod
pe gwelwn yr holl Bresbyteriaid, Methodist-
iaid, pregethwyr a phawb, yn unol yn erbyn
caethwasiaeth, eto gwnawn bleidleisio yn eu
herbyn oll." Ond cofier mai nid ar dir Beibl-
aidd a Christionogol y siaradai fel yna. Nid
y Cristion sydd yn llefaru, eithr y dyn anian-
ol yn cael ei arwain gan ei deimlad llygredig
a dall-bleidiol. Nid cyfiawn nodi y ffeithiau
hyn yn engreifftiau i brofi fod y grefydd Grist-
ionogol yn cefnogi caethwasiaeth, waeth y mae
Cristionogaeth wedi dylanwadu ar y byd i
gasâu caethwasiaeth yn drwyadl. Hen beth
paganol yw caethwasiaeth. Mae hyn yn eg-
lur wrth edrych yn ol i'r cyfnod paganol yn
mhob gwlad. Nid yn unig yr oedd caethwas-
iaeth mewn bri yn y dyddiau gynt, ond hefyd
yr oedd cyflwr y caethion yn hynod o anghy-
surus. Arferid gadael ieuenctyd Lacedomin-
ia allan i ymosod ar y caethion er mwyn ar-

feriad; ac ar un ymosodiad, dywedir i 3,000
o'r caethion gael eu lladd! Pan gymerodd
Alexander Thebes, gwerthodd y bobl i gyd
yn gaethion. Cadwynid caethion wrth byrth
palasau y mawrion yn Rhufain, iddynt gael
bod yn gyfarwyddwyr i'r gwahoddedigion i
wleddoedd. Gwnai C. Pollio daflu y caethion
a droseddent yn ei erbyn i'r llyn, yn ymborth
i greaduriaid y dwfr. Yn y flwyddyn 12 C. C.,
gadawodd un Col. Isodorus i'w etifeddion
4,116 ogaethion. Yr oedd y caethwas yn llai
ei werth na thir, neu anifeiliaid. Yr oedd
hen gyfraith yn Rhufain yn gosod cosb o far-
wolaeth am ladd ych oedd yn aredig; ond ni
wneid un gosb am ladd caethwas. Gwnaeth
Crassus ar unwaith, ar ol rhyfel y Spartans,
groeshoelio deng mil o gaethion! Darfu i
Augustine, a hyny yn groes i'w addewid, dros-
glwyddo i'w meistriaid i'w lladd ddeng-mil-ar-
hugain o gaethion a ymladdasant dros Sextus
Pompeius. Trajan hefyd, y goreu o'r Rhufein-
wyr yn ei ddydd, a wnaeth i ddeng mil o gaeth-
ion ar unwaith ymladd gornestau cleddyfau
am gant a thri-ar-hugain o ddyddiau yn yr
amphitheatre, er mwyn creu difyrwch i'r mil-
oedd edrychwyr! Nodir y ffeithiau hyn er
mwyn dangos cymdeithas y dyddiau gynt dan

ddylanwad paganiaeth. Ac os oes rhyw un
am gyhuddo Cristionogaeth o fod yn cynyrchu
a chefnogi caethwasiaeth a chreulondeb, cyd-
mared y ffeithiau uchod â'r ffeithiau a geir
parth cyflwr cymdeithas yn y gwledydd lle y
teyrnasa egwyddorion Cristionogaeth. Gal-
wer i gof yr hyn a wnaeth Lloegr a'r Unol
Dalaethau er mwyn diddymu yn llwyr gaeth-
wasiaeth o'u tiriogaethau a'u terfynau, ac yna
ceir gweled y gwahaniaeth sydd rhwng pagan-
iaeth a Christionogaeth mewn perthynas i'r
anghenfil hwn.

Cyfnewidiadau Cymdeithasol.

Nid annhebyg oedd y byd yn gyffredinol
i'r hyn yw Canolbarth Affrica yn bresenol
mewn ystyr gymdeithasol. Yn ol tystiolaeth
teithwyr enwog, cawn fod pobl Canolbarth
Affrica yn hollol ddigynydd. Maent yn rhan-
edig i wahanol lwythau gelynol a rhyfelgar,
heb gyd-ymgymysgu, byth yn heddychol.
Noethion ydynt, a noeth yw eu penaethiaid;
ac y mae gan y penaethiaid awdurdod hollol
ar fywyd a meddianau y bobl. Maent yn
hynod o greulawn mewn rhyfel. Mae y dyn-
ion a gymerir yn gaethion mewn rhyfel, fel
rheol, yn cael eu lladd, a'r menywod a'r plant

yn cael eu gwneyd yn gaethion dros fywyd.
Mewn rhai engreifftiau, difodwyd llwyth cyf-
an mewn un diwrnod. Ni anghofir trosedd
byth, ond dielir o genedlaeth i genedlaeth.
Mae aml-wreiciaeth yn beth cyffredin. Priod-
ir â pherthynas agos, megys gwraig yn priodi
ei llysfab, &c. Mae plant penaeth, ar ol i'w
tad farw, yn ymladd am y flaenoriaeth—ym-
ladd nes lladd y pleidiau i gyd, ond y trech-
af; yna llywydda ef y llwyth yn berffaith ddi-
ogel rhag bradwriaeth. Mae heidiau lawer
yn crwydro o'r naill fan i'r llall, ac yn ymosod
yn annysgwyliadwy ar sefydliadau yn y nos,
gan losgi y trigfanau, a thywys y trigolion am
tua phum' cant neu fil o filldiroedd i'w gwerthu
yn gaethion yn Khartoum. Nid oes un math
o iaith ysgrifenedig ar y cyfandir, ond yr hyn
a drefnwyd gan genadon Cristionogol; ac nid
oes ganddynt ond traddodiad geneuau yn
hanes am y gorphenol. Ni ddaeth na Christ-
ion na Mahometaniad i gysylltiad â'r Monbut-
toos erioed cyn i Schweinfurth fyned yno. Y
mae y gwrywod yn gwisgo peth dillad am
danynt; eithr ni wisga y menywod ddim—
maent yn hollol noeth. Y llwyth hwn yw y
mwyaf cnawdysol (*cannibal*) yn holl Affrica.
Un dynged sydd yn aros pawb a ddaliant, a
10

hyny yw, bod yn ymborth iddynt. Peth cy-
ffredin arall yw, i ddau lwyth uno a'u gilydd
i ddyfetha llwyth arall, ac yna rhyfela dra-
chefn a'u gilydd am yr oruchafiaeth. Ond y
mae y wawr wedi tori arnynt hwy, a gellir
dysgwyl clywed am danynt hwy yr un math
newyddion ag a geir am wledydd a chenedl-
oedd eraill a fuont yn yr un cyflwr cymdeith
asol, ac yn ymbleseru a'r un arferion, megys,
er engraifft, y

Sandwich Islands.

Yn y flwyddyn 1820 O. C., yr aeth cenadon
gyntaf o America i Sandwich Islands. Y pryd
hwnw, yr oedd y brodorion yn wylltion ac an-
waraidd hollol, mor drylwyr felly ag yw trig-
olion y White Nile yn Affrica yn bresenol.
Ond yn awr, maent yn wareiddiedig a Christ-
ionogol; maent yn llywodraethu eu hunain yn
anrhydeddus dan gyfansoddiad, ac yn ol cyf-
reithiau sefydlog a theg. Mae ganddynt lys-
oedd barn, a threfn, a chosb am drosedd, fel ag
i enill edmygedd dynion o safle Dr. Rufus
Anderson, yr hwn ar ol iddo ddychwelyd o'i
daith yno ychydig flynyddau yn ol, a ddywed-
odd, "Nid wyf yn petruso cyhoeddi trigolion
y Sandwich Islands mor deilwng a'r Unol
Dalaethau i'w galw yn Gristionogion."

I'r un dosbarth y perthyn ynysoedd eraill, megys

Y *Feejee Islands.*

Rhifa y rhai hyn tua 80; poblogaeth, 200,-000. Tua 56 mlynedd yn ol, yr oedd trigolion yr ynysoedd hyn yn gnawd-yswyr, neu gan·nibaliaid, o'r math waethaf. Ofnai y morwyr long-ddrylliad yn agos iddynt ag ofn eithafol, waeth gwyddent fod pob morwr a ddygwydd-ai gael ei daflu i'w glanau drwy long-ddryll-iad, neu drwy unrhyw ffordd arall, yn sicr o gael ei ddal, ei ladd, a'i rostio yn union, a'i fwyta. Y mae Dr. Anderson yn rhoi yr han-esyn a ganlyn am yr hyn a ddygwyddodd yno yn mhen ychydig flynyddoedd ar ol i'r efeng-yl am y groes gyrhaedd y glanau. Cafodd llong Americanaidd ei dryllio ar y môr; aeth rhai o'r morwyr mewn cwch, ac ar ol crwydro yn mysg y tonau am ganoedd o fill-diroedd, cyrhaeddasant dir. Deallasant eu bod ar un o ynysoedd y Feejee; collasant bob gobaith am eu bywyd. Ond un o honynt, wedi codi llyfr i fyny o'r tywod, a waeddodd allan, "Jack, yr wyf yn dyweyd, mae pob peth yn dda, dyma Feibl. Diolch i Dduw, mae Cristionogaeth yma, a chawn ein harbed." Felly y bu; mae y bobl hyn yn awr yn Gristionogion. Mae gan 100,000 o honynt yn awr yr Ysgrythyrau yn eu hiaith ; mae 90,000 yn myned i'r ysgol Sabbothol, a gwasanaeth cref· ydd y Duw byw ; mae 28,000 yn aelodau eg· lwysi Cristionogol ; mae cannibaliaeth, aml· wreiciaeth, a baban-leiddiad, yn cyflym ddif· lanu o'r ynysoedd. Felly hefyd y gellir nodi am

Fiji.

Mewn cyfarfod blynyddol yn Sydney, Aus· tralia, yn ddiweddar, dywedai cenadwr Wes· leyaidd, y Parch. Isaac Rooney, am ei waith yn Fiji : " Trwy ras Duw, nid oes canibaliaeth yn awr yn y wlad hono. Enillwyd Fiji trwy ymdrech galed a chostfawr ; ac y mae y rhai oeddent ar y cyntaf yn fwyaf gwrthwynebus i'r genadaeth yno, yn bleidwyr gwresog iddi yn awr. Mae llwyddiant y genadaeth yn Fiji heb ei ail yn un wlad arall. Yn ystod y pymtheg mlynedd diweddaf, nid oes dim llai na 65,000 o'r dynion-fwytawyr hyn wedi cael eu henill drosodd at Gristionogaeth, ac y mae 30,000 o honynt yn awr yn proffesu ffydd yn Nghrist. Ac nid oes braidd un ty yn Fiji gan y brodorion, lle nad oes gwasanaeth teuluol Cristionogol yn cael ei gario yn mlaen. Nid wyf yn barod i ddyweyd fod yr holl frodorion

yn wir Gristionogion, eithr credwyf mai Crist-
ionogion mewn enw yn unïg yw llawer
o honynt; eto, yr wyf yn credu, ond i'r
gymdeithas hon ganiatau athrawon, yn ol
dymuniad y blaenoriaid brodorol, y gellir
gwneyd gwaith mawr yno yn y dyfodol."
Priodol hefyd sylwi ychydig ar

Madagascar.

Dechreuwyd cenadaeth yn Madagascar yn
1820, gan "The London Missionary Society,"
dan nawdd y brenin Radama. Mewn wyth
mlynedd, gwnaeth y cenadon drefnu iaith y
bobl yn ysgrifenedig; cyfansoddasant ramad-
eg a geiriadur; cyfieithasant yr Ysgrythyrau
i'r iaith frodorol, a dysgasant filoedd i ddar-
llen, ac argyhoeddwyd llawer iawn o bechod.
Ond drwy fradwriaeth y frenines, lladdwyd y
brenin rhyddfrydig hwnw, a chymerodd hi-
thau yr orsedd. Ymosododd ar Gristionogaeth,
gyrodd y cenadon o'r wlad, a bu erledigaeth
greulon am 25 mlynedd. "Gwerthwyd y
Cristionogion, crogwyd hwynt, trywanwyd
hwynt, llabyddiwyd hwynt â cheryg, taflwyd
hwynt dros glogwyni uchel, llwythwyd hwynt
â haiarn a chadwynau i'w gyru i alltudiaeth,
llosgwyd hwynt, croeshoeliwyd hwynt, a

gwerthwyd llawer o honynt yn gaethion."—
Dr. R. Anderson.

Ond hithau a fu farw, a'r wlad a gafodd
lonydd. Teyrnasodd ei mab ar ei hol; yr
oedd ef yn fwy tebyg i'w dad nag i'w fam yn
ei deyrnasiad. Galwodd yn ol y cenadon, ac
yn fuan daeth trefn a rhyddid yn ol i'r deyrn-
as; yr oedd dynoliaeth yn arglwyddiaethu
drwy ddylanwad Cristionogaeth.

Nid oes eisiau i mi nodi allan yr addysgiad-
au sydd yn codi yn naturiol oddiwrth ffeithiau
hanesyddol y gwledydd a enwyd, canys gwel
y darllenydd yn eglur ddylanwad da a dyrch-
afol Cristionogaeth ar gymdeithas yn y ffeith-
iau eu hunain. Cymerwn olwg eto ar y dy-
lanwad hwn mewn cysylltiad a gwahanol
ddosbarthiadau a phethau, megys,

Y Rhyw Fenywaidd, Cartref, a Chymdeithas.

Dywedai Dr. Poor unwaith wedi iddo
ddychwelyd gartref o'i faes cenadol: "Yr
y'ch chwi, y rhai ydych wedi byw drwy eich
hoes mewn gwlad Gristionogol yn hollol am-
ddifad o amgyffrediad cywir am ddrygau
paganiaeth."

Proff. Seelye a ddywedai: "Yr oedd fy
ymddangosiad cyntaf ar dir paganaidd yn cyf-

leu i mi olygfa galon-rwygol; y fath wahan-
iaeth sydd rhwng Ewrop ac Affrica, y grefydd
Gristionogol, Mahometaniaeth a phaganiaeth !
Mor rhyfedd a synfawr yr ymddangosai pob
peth i mi, fel y teimlais yn union wedi i mi
lanio ar y cyfandir yn barod i alw ar bob un
a gofyn iddo, a oedd yn gwybod y fantais o
gael genedigaeth ar dir Cristionogol. Teimlwn
i fynwesu fy mhlant â'm dwylaw, a dyweyd
wrthynt am ddiolch i Dduw am y fendith
fwyaf o bob bendith, sef dysgeidiaeth a gwr-
teithiad mewn gwlad lle mae y Beibl a Christ-
ionogion. Yr oedd fy enaid yn cael ei gynhyrfu
yn ddyddiol, ei dristâu a'i glafychu yn bar-
haus wrth y golygfeydd a welwn yno."

Ychydig amser cyn ei farw, dywedodd y
Llyw. Seward wrth ei gyfaill Proff. Seelye,
yr hwn oedd y pryd hwnw ar gychwyn i'w
daith genadol i'r wlad lle y bu Mr. Seward yn
byw am flynyddau : " Ni chewch fywyd cym-
deithasol yn un man ond yn y byd Cristionog-
ol. Nid yw trigolion y byd paganaidd yn de-
all y gair cartref." Profodd Mr. Seelye eir-
iau ei gyfaill yn wirionedd yn ol ei dystiolaeth
uchod. Nid yw bywyd teuluaidd, ar yr hwn
y gorphwys pob cymdeithas dda, yn beth

dealledig gan y Chineaid, Japaniaid na'r
Mahometaniaid.

Mae ymddangosion bywyd cymdeithasol, ag
ydynt mor bwysig yn nghyfundrefn grefydd-
ol Crist, yn hollol anadnabyddus i bawb tu
allan i'r gwledydd Cristionogol. Dyma fel y
desgrifia un ddynes genadol bethau yn Natal,
Deheubarth Affrica : "Dywed y brodor am ei
ferched, 'Hwy ydynt fy anifeiliaid, fy arian,
a fy maeliaeth. Fy ngwragedd ydynt fy anif-
eiliaid, fy ngheffyl, fy aradr, a fy nghart.' Am
ei wraig dywed, 'Prynais hi, ac y mae genyf
hawl i'w churo a'i lladd os ewyllysiaf.' Y
mae y tad, neu y brawd hynaf, yn gwerthu y
ferch neu y chwaer i'r hwn a roddo fwyaf o
anifeiliaid am dani ; ac felly, yn ei chysylltu
am fywyd â pherson yn fynych y mae hi yn
ei lwyr gasâu. Mae y wraig yn gweithio yn
y maes, gan gario ei baban ar ei chefn. Caria
goed o'r anialwch, dwfr o'r afon, a choginia
fwyd, a phan y byddo pob peth yn barod, y
mae y gwr yn myned at y bwrdd ac yn bwyta
nes ei ddigoni. Os bydd peth yn weddill, y
mae y menywod yn bwyta, ac ar eu hol hwynt
y plant. Ond os mai ychydig o fwyd fydd
yno, gall y dyn fwyta y cyfan, tra yr erys y
wraig a'r plant yn newynog."

Yn y flwyddyn 1856, gwnawd ymchwiliad yn India parth yr arferiad creulon o lofruddio merched pan yn eu mabandod, a chawd 26 o bentrefi heb gymaint ag un ferch dros chwe' mlwydd oed, a 30 o bentrefi a dim ond 37 merch ynddynt. Gwnawd ymchwiliad yn ddiweddarach gan y *Lieut. Governor of the North Western Provinces of India;* ymwelwyd a 10 pentref, ac ni chafwyd ond un ferch yn y deg; mewn 27 pentref, nid oedd ond 23 o ferched, ac mewn 9 pentref, ni chaed ond 7 merch. Felly penderfynwyd fod lladd merched yn beth cyffredin iawn yno. Y mae y bobl yn cael gwragedd drwy eu lladrata o wledydd eraill. Nid ydynt yn ystyried merch yn werth ei chadw a'i magu—dyna baganiaeth !

Cawn yr enwog genadwr Affricanaidd Moffat yn sylwi ryw dro wrth fwrw golwg ar waith yr efengyl : "O, y fath gyfnewidiad y mae efengyl Crist a gair ei ras ef wedi effeithio yn mhlith y Bechnana yn Neheubarth Affrica er pan aethum yno gyntaf ! Ni ymddangosent yn meddu ar gydwybod neu unrhyw ddrychfeddwl am ddrwg yn eu harferion creulon a diraddiol. Ni feddent un drychfeddwl am gyflwr dyfodol; meddylient eu bod yn marw fel anifeiliaid y maes, ac yn myned i ddifodiaut hollol. Cofiwyf i mi ymweled ag un o honynt, yr hwn oedd yn lled wybodus, ac yn ddyn ymdrechol a dylanwadol yn ei wlad; ac yr oedd bob amser yn ymddwyn yn garedig iawn i mi. Yr oedd yn marw, a gofynais iddo beth oedd ei feddyliau parth y dyfodol. Atebodd, "Y mae y cyfan yn dywyll i mi, yn dywyll iawn; nis gallaf ddyweyd wrthych y fath dywyllwch sydd o'm blaen."

Yn awr, y mae yno ganoedd lawer yn y goleuni, yn gorfoleddu yn ffydd. Crist, ac yn y gobaith o anfarwoldeb. Gwelais rai yn marw yno mewn tangnefedd, parod i ymadael a bod gyda Christ yn y goleuni tragywyddol. Gynt yr oeddent yn barhaus yn ymrysongar a gelynol; un llwyth a feddai anifeiliaid yn ofni myned a hwy yn agos i lwyth arall i'w gwerthu, rhag iddynt gael eu troi ymaith. Weithiau lleddid holl drigolion pentref cyfan, bryd arall dinystrid haner llwyth. Ond yn awr, teimlir dylanwad yr efengyl yno, ac y mae gelynion wedi dod yn gyfeillion. Y mae cyfathrach heddychol rhwng y llwythau a'u gilydd; ac y mae masnach a'r celfau bywyd gwaraidd yn gyffredin ganddynt" Dyna ddangosiad o Ddylanwad Cymdeithasol Cristionogaeth.

Llwyddiant a Chynydd Gwladol.

Mae bwrw golwg dros hanes a chyflwr gwahanol wledydd, yn ein tywys i sylwi ar Ddylanwad Cymdeithasol Cristionogaeth yn gweithredu yn rhyfeddol mewn gwahanol ffyrdd, ac ar wahanol gysylltiadau ac arferion. Yr ydym wedi sylwi yn lled helaeth ar y byd paganaidd a dylanwad Cristionogaeth ar ei gymdeithas; yn awr cymerwn ail olwg ar wledydd mwy goleu—gwledydd na fynant eu galw yn baganaidd.

Cyflwr Ewrop.

Pan oedd Pabyddiaeth yn teyrnasu, y Beibl heb ddod yn eiddo y bobl, y Diwygiad Protestanaidd heb dori allan, Cristionogaeth gyflawn heb gael gafael yn y bobl, cawn y darluniad canlynol o gyflwr Ewrop y pryd hwnw, yn cynwys o 400 i 1600 O. C. : "Am fil o flynyddoedd, cadwyd poblogaeth Ewrop yn sefydlog (*stationary*). Yr oedd arwynebedd y Cyfandir y rhan fwyaf yn goedwig ddisathr; yma a thraw yr oedd mynachdai, a phentrefi bychain. Yr oedd yr iseldiroedd ar hyd welyau yr afonydd, yn gorsdiroedd, mewn rhai manau yn ganoedd o filldiroedd o hyd, yn rhoi allan heintiau dinystriol, gan wasgaru y

cryd yn mhell ac yn agos. Yn Paris a Llun-
dain, nid oedd y tai goreu ond rhai agored,
wedi eu dwbio a llaid, a'u toi a gwellt, neu a
chorsenau ; nid oedd iddynt ffenestri ; ac hyd
nes i'r felin lif ddod, ychydig iawn oedd a llor-
iau coed iddynt. Ni wyddid dim am lenlor-
iau fel y rhai presenol ; ychydig iawn o wellt
wedi ei wasgaru ar y llawr oedd *carpet* y
dyddiau hyny. Nid oedd ychwaith simneiau
i'r tai ; elai y mwg allan trwy dwll y clo.

Nid oedd ond ychydig ymgeledd rhag y
tywydd mewn trigfanau fel yna. Ni ym-
drechid sychu a dwfr-ffosi y tir. Teflid pob
carthion drwy y drws yn bentwr, ac yno y
byddai yn ymyl y ty yn sawru yn afiachus.
Yr oedd y gwrywod, y menywod, a'r plant,
oll yn cysgu yn yr un ystafell ; ac nid yn an-
aml yr oedd anifeiliaid y teulu yn gwmni idd-
ynt yn yr un ystafell gysgu. Yr oedd yn an-
mhosibl mewn cymysgaeth o'r fath hyn mewn
teulu, i lanweithdra, diweirdeb a moesoldeb,
gael eu cadw mewn bri ac arferiad. Cwdaid o
wellt, yn gyffredin, oedd y gwely, a gobenydd
pren. Yr oedd glanweithdra personol yn hollol
anhysbys. Yr oedd swyddogion uchel y llyw-
odraeth, ac hyd yn nod swyddogion eglwysig,
megys Archesgob Canterbury, yn llawn llau.

Felly, meddir, oedd cyflwr Thomas à Becket, gwrthwynebydd enwog un o freninoedd Lloegr. I guddio anmhuredd personol, rhaid oedd defnyddio peraroglau yn helaeth a mynych. Ymddilladai y dinesydd mewn croen, gwisg a barai iddo am flynyddau; ac yr oedd yn myned yn drom gan faw, ac yn afiach gan fryntni, ar ol rhai blynyddau o wisgiad, gan nad oedd yn arferiad i'w glanhau byth. Cydnabyddid dyn mewn amgylchiadau cysurus, os gallasai fforddio i gael cig ffres i giniaw unwaith yr wythnos."—*Dr. J. W. Draper, New York.*

Prydain a'r Anglo-Saxons.

Tua'r flwyddyn 1430 O. C., ymwelodd Æneas Sylvius, yr hwn wedi hyny a wnaed yn Pope Pius II., â'r ynysoedd Prydeinig; ac y mae ef wedi tynu darlun du iawn o gyflwr cymdeithas yno yr amser hwnw. Dywedai am dai y bobl gyffredin, eu bod wedi eu hadeiladu â cheryg heb dwbgalch; y tô o dyweirch; y llawr o groen caled carw. Yr oedd eu hymborth yn gynwysedig o lysiau a rhisgl coed; mewn rhai manau, ni wyddid dim am fara. Bwthynod o gorsenau wedi eu dwbio â llaid; tai adeiledig o bolynod, heb simneiau; tân mawn, heb le braidd i'r mwg fyned allan;.

ffeuau llawn o aflendid personol, corphorol, a moesol, heidiog o lau a phryfed; tusw o wellt wedi ei rwymo am eu haelodau i gadw yr oerfel draw; ac nid oedd cyflwr y bobl gyfoethog nemawr gwell.

William o Malmesbury, wrth son am foesau isel yr Anglo-Saxons, a ddywed: "Eu boneddigion, yn ymroi i lythineb a thrythyllwch, nid aent byth i'r eglwysi, ond darllenid yn frysiog yn eu clyw, er na wrandawent, yn eu hystafelloedd gwely, cyn iddynt godi, lithiau yr eglwys gan yr offeiriaid. Yr oedd y bobl gyffredin yn ysglyfaeth i'r rhai mwy galluog a chyfoethog. Cymerid eu meddianau oddiarnynt, a llusgid eu cyrph i wledydd pell; teflid eu gwyryfon i'r puteindai, neu gwerthid hwy yn gaethion. Yfed oedd eu galwedigaeth gyffredin nos a dydd, a drygioni a gwanychiad meddwl cryf, cymdeithion meddwdod, oedd yn dilyn eu hoferwaith dinystriol. Yr oedd castellau y barwniaid yn ffauau lladron. Y mae y croniclau Saxonaidd yn cofnodi fod y menywod a'r gwrywod yn cael eu dal, a'u llusgo i'r lleoedd cedyrn hyn, eu hongian wrth eu bawdiau, neu wrth eu traed; cyneuid tân o'u hamgylch, a rhwymid llinynau cylymog o amgylch eu gyddfau; ac arferid llawer o ar-

teithiau eraill i'r dyben o dynu allan brid-
werth, neu adbryniad."—*Conflict Between Re-
ligion and Science, p.* 266.

Wedi deall y ffeithiau a osodir allan yma
yn mherthynas y bobl a'r eglwys ac a'r Beibl,
nid ydym yn synu cymaint at eu cyflwr isel.
Nid aent i'r eglwys, ni wrandawent y gwasan-
aeth, ni ddarllenent y Beibl; felly nid Crist-
ionogaeth oedd yn dylanwadu arnynt i fod yr
hyn oeddynt. Sylwer ar y gwahaniaeth a
welir yn y gwledydd hyn yn bresenol!

Pwy wrth deithio Ewrop a Phrydain Fawr
yn awr a ganfydda debygolrwydd rhwng y
darluniau uchod a'u cyflwr yn bresenol? Eu
palasau gorwych, eu hymborth amrywiol a
iachus, eu glanweithdra personol, a'u rhyddid
cymdeithasol? Y mae y cyfnewidiadau hyn
wedi dyfod, nid drwy ddylanwad allanol,
cleddyf, neu ormes, canys methodd y pethau
yna drwy yr holl oesau a'u heffeithio; eithr
dylanwad mewnol yn effeithio yn allanol.
Egwyddorion Crist yn y galon, gwersi Crist
yn y deall, a rhinweddau Crist yn y bywyd,
ddaeth a'r cyfnewidiadau bendigedig hyn
oddiamgylch. Mae y gosodiad yna yn cael ei
brofi yn eglur iawn wrth gydmaru dylanwad
Cristionogaeth yn awr mewn gwledydd pag-

anaidd, a'r dylanwad a gariodd yn Ewrop.
Mae yr un achos yn cynyrchu yr un effaith.
Achwynai y cenadwr McLauren fel hyn:

"Pan ydym yn dysgu Teloogoos yn egwydd-
orion Cristionogaeth, ni fynant wisgo ac ym-
borthi fel cyn eu troedigaeth, ac ni fynant fyw
mewn tai o nodwedd y rhai a wnelent y tro
iddynt cyn hyny. Deuant ar ol cael ymborth
a dillad newydd ysbrydol i'r enaid i fynu ym-
borth, dillad a thai gwell i'w cyrff."

Dywedai cenadwr arall: "Rhaid i'r pagan-
iaid gael gwell bwyd, gwell dillad, gwell tai,
a gwell dodrefn, ar ol cael y grefydd Gristion-
ogol." Ac y mae yr holl genadon yn cyd-
ddwyn tystiolaeth i gadarnhau cywirdeb y
tystiolaethau hyn. Ac o ganlyniad, y mae yn
deg a naturiol i ni gasglu fod Dylanwad Cym-
deithasol Cristionogaeth yn achos o gyflwr
diwygiedig a dyrchafol Ewrop, Prydain, a'r
Unol Dalaethau. Felly y mae diwydrwydd
yn cael ei gefnogi a'i symbylu gan yr efengyl.
Mae hyn yn cael ei brofi yn hanes cysylltiad
Cristionogaeth â gwledydd paganaidd. Myn
y pagan argyhoeddedig gael offerynau amaeth-
yddol, a phob peth yr un fath, mor bell ag y
gall, a'r Cristion yn Ewrop ac America. Eng-
reifftiau: Cyn i'r efengyl fyned i'r Sandwich

Islands, nid oedd yr ynysoedd yna yn meddu
un lle gwasanaethol yn y byd masnachol; ond
yn awr, y mae banerau prif genedloedd mas-
nachol y byd yn chwyfio yn awyrgylch eu
porthladdoedd, a'u llongau yn trosglwyddo
nwyddau trafnidol i mewn ac allan o'r ynys-
oedd hyn. Gwerthwyd 200 o erydr mewn un
flwyddyn i'r un genadaeth gan yr un mas-
nachydd; ac anfonwyd gwerth $1,200 o nwydd-
au i genadaeth arall yn Neheubarth Affrica.
Fel yna y mae y paganiaid dychweledig i gyf-
lwr ysbrydol newydd, yn mynu dod i gyflwr
tymorol a masnachol newydd; y mae Crist-
ionogaeth yn ychwanegu at ddiwydrwydd y
byd, ac yn dadblygu adnoddau y ddaear. Y
mae yn ffaith hanesyddol fod cymdeithas wedi
dyrchafu o gyflwr isel iawn o ran tai a dod-
refn, ymborth a dillad, a threfn a rhyddid,
gyda thoriad gwawr y Diwygiad Crefyddol
yn Ewrop. Tri chan' mlynedd yn ol, nid
oedd gan hyd yn nod fawrion Lloegr ond
math o fwthynod clai, heb ffenestri gwydr yn-
ddynt, heb ddodrefn gwych, a lloriau ceryg,
heb ond yn unig wellt neu wair drostynt.
Nid oedd simneiau hyd 1300 O. C. Ychydig
ffurymau oedd yn lle cadeiriau, a gwelyau
gwael iawn oedd ganddynt; ystyllen yn fwrdd,

11

a phawb ar y llawr yn ei hamgylchynu.   Yr
oedd cyllyll a ffyrch yn bethau dyeithr iawn ;
a defnyddid tafell o fara yn lle plâd, a bwyt-
eid y plâd yn y diwedd.

Tua dechreu 1600 O. C. y daeth cyffrawd
y gwelliantau cyffredinol i Brydain Fawr, a
gwyr pob hanesydd mai dyna yr amser y daeth
Cristionogaeth yn ddylanwad pwysig ar gym-
deithas yno.   Mae moethau ymborth a dillad,
cysur tai a dodrefn, yn ogystal a diogelwch
bywyd a meddianau, cynydd gwybodaeth a
rhyddid, dyrchafiad moesau a gwareiddiad, yn
mhlith y pethau a gyd-gynyddasant dan ddy-
lanwad pur Cristionogaeth ar gymdeithas.

Wrth draethu ar y cyfnod hwn yn hanes
Lloegr, y mae yr hanesydd enwog J. R. Green,
M. A., yn cyfleu syniadau fel hyn : " Am gan'
mlynedd, yr oedd y bobl wedi byw yn nghan-
ol chwyldroadau ysbrydol.   Nid yn unig yr
oedd y byd o'u hamgylch, ond hefyd y byd
o'u mewn—y byd o feddwl a theimlad yn
mhob mynwes—wedi trawsffurfio yn hollol.
Yr oedd gwaith yr unfed-ganrif-ar-bymtheg
wedi llong-ddryllio traddodiad o grefydd, o
wybodaeth, o drefn wladol a chymdeithasol ;
gwrthodid yn awr y pethau a dderbynid gynt
o'r canol-oesau fel buddion, heb wneyd un cyn-

yg at eu beirniadu. Yr oedd rhyddid medd-
wl, hunan-ymddibyniaeth, a barn bersonol,
wedi meddianu y bobl, ac adnabyddai pob un
ei hunan yn allu pwysig, o bosiblrwydd mawr,
er da neu er drwg. Teimlodd y genedl y cyf-
newidiad. Yr oedd myfyrio yr Ysgrythyrau
yn waith cyffredinol y bobl. Duwinyddiaeth
oedd prif elfen fyfyriol y cyfnod. Ond nid
oedd diwygiad crefyddol ond un o effeithiau y
Beibl. Yr oedd y Llyfr yr un mor bwysig
yn nadblygiad gwybodaethol y bobl. Mor
bell ag y mae a fyno y genedl yn gyffredinol
a'r mater, nid oedd ond ychydig iawn o lenydd-
iaeth, yn rhyddiaeth na barddoniaeth, yn yr
iaith Saesoneg pan orchymynwyd rhoi y Beibl
yn yr eglwysi. Mae holl lenyddiaeth yr iaith
Saesoneg yn frith gan syniadau, dullwedd, a
brawddegau y Beibl. Ond nid oedd dylan-
wad y Beibl ar gymdeithas yn llai nag ar len-
yddiaeth ; ac yr oedd ei ddylanwad ar foesau
a chymeriad y bobl yn llawer mwy eglur nag
mewn dim arall. . . . Yr oedd yr effaith yn
rhyfeddol—y genedl yn eglwys."— *Green's
History of the English People, II., p.* 13—16.

Ai Cristionogaeth sydd yn Deilwng o'r Clod?

Wedi bwrw golwg dros y maes yn o hel-
aeth, a phriodoli yr effaith dymunol i Grist-

ionogaeth fel achos, a phrofi hyn i raddau
pell gan resymau a thystiolaethau pwysig, nid
gormod genym eto, wrth draethu ar bwnc mor
bwysig a hwn, mewn oes mor oleu a hon, ac
er cyfarfod a thuedd feirniadol ac amheuol
llawer iawn o'r rhai a ddichon ddarllen y
traethawd hwn, i ymholi yn fanylach, ac ateb
mewn ffordd arall ; neu gymeryd llwybr gwa-
hanol i gerdded yr un maes ag ydym eisoes
wedi myned drosto, gan sylwi ar rai ffeithiau
nad ydym hyd yn hyn wedi rhoi cyflawn
chwareu teg iddynt, ac ymgyngori â rhai tyst-
ion sydd hyd yma heb gael eu galw yn mlaen
i'r tyst-fan.

Mae rhai personau yn y byd yn barod i bri-
odoli cynydd a diwygiad moesol a gwybod-
aethol yr oes hon i achosion annibynol ar
Gristionogaeth. " Gwareiddiad," ebe Mr. Inger-
soll, " rhyddid, cyfiawnder, caredigrwydd, a
dadblygiad deallawl, ydynt oll flodau a flod-
euant yn yr eira, hiffiedig. Ni ellwch eu cael
yn un lle arall ; a dyna y rheswm ein bod ni
yn y Gogledd yn wareiddiedig, a dyna y rhes-
wm fod gwareiddiad bob amser gyda y gauaf."
Mae ynfydrwydd ar wyneb yr haeriad yna, ac
anwiredd yn ei galon. Onid yw Cristionog-
aeth yn gwareiddio dynion yn mhob gwlad ?

Onid ydym eisoes wedi dangos gwledydd De-
heuol yn myned, dan ddylanwad Cris tion
ogaeth, yn waraidd, rhydd, moesol, elusen-
gar,.a deallawl? Ac onid yw anwareiddiad a
chaethiwed, a thywyllwch anwybodaeth, wedi,
ac yn teyrnasu yn yr un wlad ag eira hiffiedig
a gauaf gerwin?

Pe cymerem y Cyfandir Americanaidd yn
engraifft o'r byd, caem ddangosiad eglur o
dwyll-haeriad Col. Ingersoll. Onid oes rhanau
mwy gogleddol o'r cyfandir hwn na'r Unol
Dalaethau yn cael eu trigianu gan fodau dynol?
Os yw ymresymiad Mr. Ingersoll yn gywir,
rhaid i ni edrych i'r tiriogaethau gogleddol o
Greenland yn groes i Alaska—i ardaloedd yr
iâ a'r eira cyson—lle nad yw yr hinsawdd yn
ystod yr holl flwyddyn yn codi uwchlaw nod
y rhew ond yn unig yn mis Gorphenaf, am y
cynydd, y gwareiddiad, y rhyddid, a dadblyg-
iad deallawl mwyaf yn y byd! Os yw ei osod-
iad ef yn wirionedd, rhaid i'r Unol Dalaethau
foddloni ar gymeryd safle israddol i British
America, Danish America, a'r holl diriogaeth-
au ag ydynt yn agosach i'r Pegwn Gogleddol
na hi! Y mae edrych ar ddangoslen o wled-
ydd y ddaear, ac ar gyflwr a hanes y gwahan-
ol wledydd yn peri i ni synu fod neb o ddeil-

iaid yr oes oleu hon mor ffol a gwneyd yr
haeriad a ddyfynwyd genym o ysgrif Col.
R. Ingersoll, a gyhoeddwyd yn *The North
American Review* am Awst, 1881.

Cawn yr un awdwr, yn ei ddarlithiau, yn
dyweyd fod cynydd y byd i'w briodol i gyn-
ydd y penglog dynol : " Wedi edrych ar ben-
glogau dynol o bob oes a gwlad, sylwais fod
yr un gwahaniaeth rhwng y penglogau hyn ag
oedd rhwng eu cynyrchion, a dywedais : Wedi
y cwbl y mae yr holl yn fater syml o ddad-
blygiad meddyliol."—*The Skulls.*

Ai gwir y gosodiad ? Dywed Proff. Dana
fod y penglogau henaf, sef eiddo y dyn careg
a gafwyd yn Mentone, ac eiddo y llall a ddar-
ganfyddwyd yn Cro-Magnon, yn cydmaru yn
hynod o ffafriol ag eiddo y bobl mwyaf gwar-
eiddiedig a dysgedig, ac fod penglogau dynion
gwyllt Affrica mor fawr ag yw eiddo Inger-
soll, yn ol eu mesuriad.

Y mae Mr. Alfred Russell Wallace yn gos-
od mesuriad a maintioli cydmarol y penglogau
dynol fel hyn : "Yr ydym yn gweled nad yw
canol-radd maintioli penglog yr anwariaid is-
elaf, o bosibl, yn llai na phump i chwech, o'i
gydmaru ag eiddo yr hiliogaethau uchelaf
mewn gwareiddiad."

Y mae Proff. B. G. Wilder, M. D, ar ol rhoi
tafleni o fesurau a phwysau gwahanol ymen·
yddiau a phenglógau yn sylwi : " Y mae y taf.
leni hyn yn cadarnhau yr hyn ydym wedi dal
sylw arno drwy ein bywyd meddygol, sef y
gall ymenydd mawr a deall bach gydfodoli yn
yr un person ; ac ar y llaw arall, fod yn bosibl
i ymenydd bach a deall mawr fod yn yr un
man. Mae gan fochyn fwy o ymenydd nag
sydd gan gi, eto ci yw y callaf o lawer. Y
mae y Peruviaid yn bobl wrteithiedig, er hyny
ymenydd bychan sydd ganddynt." Dyna
ddigon i ddymchwelyd y gosodiad yna eto o
eiddo yr haerllug Ingersoll anffyddol. Ac
mewn cysylltiad ag hinsawdd gwlad, onid o'r
Deheu cynes y daeth Cristionogaeth i Brydain?
Onid yw Cristionogaeth wedi byw mewn
gwledydd tymerus cyn i wledydd yr " eira a'r
gauaf" ei chael ? Ac oni fu dynion enwog a
dysgedig yn y byd cyn Crist ? Sicr yw, nid
i oes na gwlad, penglog mawr, na hinsawdd
oer, eithr yn hytrach i egwyddorion yn y pen·
glog, a gras yn y galon— hinsawdd ysbrydol—
y perthyn yr achos o gyflwr rhinweddol a de-
allol y byd Cristionogol. Os ymholir paham
y darfu i Gristionogaeth golli y gwledydd a'r
cenedloedd cyntaf y gwnaeth ei hymddangos-

iad ynddynt, y mae Dr. J. W. Draper yn ateb
yn dra phriodol. Y mae ef yn ddigon medd-
ylgraff i ganfod ffeithiau, a gweled cysylltiad-
au achosion ac effeithiau, ac y mae yn ddigon
o wr boneddig i gydnabod y gwirionedd. Yn
ngoleuni ei syniadau ef, gwelwn mai nid am
fod Cristionogaeth yn analluog i sefyll ei thir,
eithr am ei bod wedi cael ei chymysgu â phag-
aniaeth y collwyd hi o'i gwledydd cyntaf.
Cymysgiad paganiaeth a Christionogaeth yn
amser Awstin fu yn achos o ddwyn pethau
gwladol a chrefyddol llygredig i'r hyn a elwid
yn grefydd Gristionogol.

.Pe buasai pleidwyr proffesedig Cristionog-
aeth ond iawn ymddwyn, a phe cadwesid el-
fenau estronol allan, buasai Dylanwad Crist-
ionogaeth yn dda, rhydd, gwerinol a pharhaol ;
cefnogol i wybodaeth a rhyddid. Ni ddylid
ystyried cymysgaeth o baganiaeth a Christ-
ionogaeth yn *Gristionogaeth.* Felly wrth ed-
rych ar gyflawniadau Awstin a phawb eraill a
honent eu bod yn Gristionogion, dylid chwilio
i gael allan pa elfen oedd yn achos o'r weith-
red ; pa egwyddor a gynyrchodd y ffrwyth ;
pa gynhyrfu oedd i'r gwaith ; ni ddylid ystyr-
ied caethwasiaeth, llofruddiaeth, a gorthrwm
yn gynyrchion dylanwad Cristionogaeth, os na

CRISTIONOGAETH. **161**

ellir dangos elfenau yn y grefydd hono, a'i heiddo hi ei hunan, ydynt yn naturiol yn eu cynyrchu.

Ni ellir profi mai Cristionogaeth osododd y Pab yn arglwydd daearol ac ysbrydol; nid oes un elfen yn nghrefydd Crist yn tueddu at hyn. Eithr gellir dangos yn hawdd mai cynyrch paganiaeth ydyw y Pab a'i anffaeledigaeth. Yr oedd y paganiaid yn arfer dwyfoli eu breninoedd a'u gwroniaid ar ol eu marw, ac yn raddol daethant i'w dwyfoli tra yn fyw. O'r fan yna tarddodd y drychfeddwl a bersonolir yn y Pab fel llywydd gwladol ac eglwysig anffaeledig. Cymysgiad â phaganiaeth fu yn achos i Gristionogaeth gael ei gorchfygu gan Fahometaniaeth; neu dyna yr achos i wledydd gilio yn ol i dywyllwch paganiaeth.

Os ydyw Cristionogaeth i ddal y byd dan ei dylanwad, rhaid i ddynion beidio ei huno âg egwyddorion gau—rhaid iddi beidio ymbriodi â duw y byd hwn—rhaid peidio ei "hieuo yn anghydmarus." Rhaid gofalu cadw elfenau estronol allan. Y mae hi ei hun yn bur, galluog, a byw. Cefnoga bob peth da er dadblygu dyn yn y cyfanswm o hono yn y byd hwn, ac i'w gymwyso i fyw mewn dedwyddwch yn dragywyddol.

Gwyddoniaeth a Christionogaeth.

Y mae rhai personau yn priodoli y Diwyg-
iad i Wyddoniaeth. Wrth wneyd hyn tros-
eddir termau; gwneir yr effaith yn achos, a'r
achos yn effaith. Felly, i gyfarfod â'r dos-
barth yna, rhaid dangos mai Cristionogaeth
yw yr achos, ac mai effaith yw gwyddoniaeth;
ac eto, mae yr effaith yn dyfod yn gyfrwng i
drosglwyddo dylanwad yr achos i gysylltiad-
au eraill.

Un o elfenau penaf Cristionogaeth yw gwy-
bodaeth—"Ewch a dysgwch yr holl genedl-
oedd." A phan y mae y wybodaeth a gyfren-
ir gan yr Ysgrythyr yn effeithio dylanwad i
gyfnewid cyflwr cymdeithas, dylid cydnabod
yr effaith yn eiddo Cristionogaeth fel achos,
yn cynyrchu gwybodaeth, a thrwy wybodaeth
yn gweithredu yn fendithiol ar gysylltiadau
dynion.

Mae y ffeithiau canlynol yn ein tueddu i ys-
tyried gwybodaeth neu wyddoniaeth y cyfnod
presenol yn gynyrch Cristionogaeth : (*a*) Mae
Cristionogaeth yn ei hanfod yn wybodaeth—
yn gyfundrefn o ddysgeidiaeth llawn o ym-
borth i'r meddwl, goleuni i'r deall, a chyfar-
wyddyd i reswm. Ac y mae gorchymyn olaf

yr Athraw Mawr yn bendant yn galw am i'r holl genedloedd gael eu *dysgu*. (*b*) Gwedi dyfodiad Cristionogaeth i wlad y daeth y wlad hono yn agored i dderbyn gwybodaeth, ac yn gefnogol i wyddoniaeth yn ei chyflawnder a'i newydd-deb. (*c*) Mae yn ffaith hanesyddol mai Cristionogaeth, drwy ei chyfryngau priod-ol, sydd wedi agor gwledydd i ddiwygiadau, a threfnu ieithoedd y bobloedd, a chasglu eu llenyddiaeth, a chyfoethogi eu hieithoedd, ag adnoddau dysgeidiaeth. (*d*) Mae yn rhaid cael yr elfen grefyddol cyn y gellir llwyddo yn dda gyda phethau eraill. Ni fedr gwydd-oniaeth enill y pagan na'r Mahomedan. Ni all gwybodaeth fel gwybodaeth orchfygu Ma-hometaniaeth, Buddhyddiaeth, Brahmaydd-iaeth na Chonffusiaeth. Rhaid cael crefydd i orchfygu crefydd.

Ni ellir cael pen y pagan i werthfawrogi gwyddoniaeth hyd nes yr enillir ei galon yn orsedd i Ysbryd Crist; rhaid gwareiddio y dyn mewnol cyn y gellir gwareiddio y dyn all-anol. Pa lwyth neu genedl erioed sydd wedi ei gwareiddio gan wyddoniaeth yn annibynol ar grefydd? Pwy fedr enwi un wlad ag sydd wedi cael ei gwareiddio gan wyddonydd neu wyddonwyr di-grefydd a di-dduw? Mae cref-

ydd wrth wraidd llwyddiant pob cenedl. Mae
yn ffaith eglur fod *crefydd* wedi bod yn hynod
berthynasol a chysylltiedig â chynydd bywyd
cenedlaethol yu mhob oes o'r byd.   Dyna yr
Aifft, " mam gwareiddiad cyntefig," daeth i fri
—bu yn llwyddianus ac enwog, ac yr oedd yn
hynod *grefyddol.* Bu y Groegiaid yn uchel a
llwyddianus iawn yn yr hen amser—yn enwog
mewn athroniaeth, y celfau a'r gwyddorau
gynt, ond yr oeddynt hwythau yn wir *gref-*
yddol, yn ol syniad yr oesau hyny am grefydd.
A'r un modd yr oedd bywyd cenedlaethol y
Rhufeiniaid yn llawn *crefydd.* Wedi colli y
mêr crefyddol, diflanodd mawredd y cenedl-
oedd o'r llywodraethau hyn.   " Pan ganiata-
odd y Babiloniaid i dderbyn addoliad ei hun-
ain yn lle y duwiau, safodd y Persiaid o flaen eu
pyrth.   Pan aeth Alexander i chwareu ei hun
yn dduw, yr oedd ei fywyd a'i ymerodraeth
wedi eu gwerthu. Pan ganiataodd Domitian
i enw Duw gael ei gam-ddefnyddio, gosodwyd
y fwyell ar   wreiddyn yr ymerodraeth ar-
dderchocaf yn hanes y byd."—*Baron Bunsen.*

  Y mae gwerth crefydd i fawredd cenedl-
aethol yn dod i'r golwg yn eglur iawn yn ym-
holiad y Japaniaid wrth weled rhagoriaeth
gwareiddiad Ewrop ac America ar yr eiddynt

hwy a'u cymydogion paganaidd. Meddent,. " Onid yw dirgelwch hyn oll i'w ganfod yn y grefydd Gristionogol ?" Cymerasant afael yn y syniad yna, gweithredasant yn ei ol, ac y mae Japan heddyw yn agored i Gristionogaeth,. ac yn derbyn egwyddorion Crist yn ddysgeid- iaeth ymarferol; ac o ganlyniad, y mae yr hen. genedl lonydd a digynydd wedi dod y genedl. fwyaf bywiog a chynyddol y cyfnod.

Yr oedd prif ddynion cynydd gwybodaeth yn bobl o *dueddion* Cristionogol, a dyweyd y lleiaf. Hen fynach Cristionogol oedd Coper- nicus. Yr oedd Kepler o ysbryd addolgar.. Newton, am yr hwn y dywedai Proff. Dolbear,. " Gwnaeth ef ychwanegu mwy at wybodaeth ddynol na'r holl hil ddynol, tu allan iddo ei hun, mewn mil o flynyddoedd," addolai yntau " Dduw a Thad ein Harglwydd Iesu Grist." Yr oedd Lord Bacon hefyd yn fyfyriwr diwyd a chyson ar y Beibl. " Ni fu erioed yn un- rhyw wlad grefydd neu gyfraith ag sydd wedi gwneyd cymaint i ddyrchafu y bobl a gwneyd daioni i bawb a'r Beibl."—*Bacon.*

Gwnaeth Ffrainc unwaith ymwrthod a chrefydd yn hollol, gan orseddu rheswm. A lwyddodd Ffrainc dan ddylanwad rheswm di- grefydd ? Na, er iddi gyhoeddi, "Nid oes.

Duw, ac angeu sydd hûn dragywyddol," eto
bu yn dda ganddi gydnabod ei geiriau yn an-
wiredd. Tra heb Dduw, yr oedd heolydd
Paris yn cael eu gorlifo gan waed dynol; ys-
gydwyd sylfeini cymdeithas, teyrnasai dy-
chryn ac arswyd; a theimlai y bobl yn falch
gael Duw yn ol i'r meddwl, a Christionogaeth
i Ffrainc, er cysur a diogelwch personol a
chymdeithasol. Dywed rhai, "Crefydd yw
dyledswydd dyn at ddyn." Mae hyn yn wir-
ionedd rhanol, ond nid yw yn ddigonol i gym-
deithas, fel y gwelir yn China. Rhoddodd
Confucius grefydd fel yna; ond methodd ddi-
wygio hyd yn nod China, heb son am ddiwyg-
io y byd. Rhaid cael Duw.

Mae gan yr enwog Joseph Cook ychydig
sylwadau ar y mater yma, fel hyn: "Y mae
athroniaeth Plato wedi cael oes o dros 2,200
o flynyddoedd yn y byd yn mysg dynion; ond
pe byddai rhai o'i osodiadau sylfaenol yn cael
eu cario i weithrediad, byddech chwi a minau
yn byw mewn gwersyllfa; ac ni allem ddy-
weyd pwy yw ein brodyr a'n chwiorydd, neu
ein rhieni. Gwyddom am rai pethau bendig-
ig yn athroniaeth Plato; ond y gwirionedd
yw hyn, nid yw egwyddorion goreu Plato
yn alluog i ddiwallu dyn. Nid ydynt wedi cael

eu mabwysiadu yn rheol bywyd. Cawsant
wrandawiad; ond gwyddoch beth sydd yn
llywodraethu y byd heddyw; ar ol 2,200 mlyn-
edd o brawf, nid ei athroniaeth ef yw meistres
cymdeithas heddyw."—*Orthodoxy.*

Ni fedr gwyddoniaeth ond cyfleu ffeithiau
i'r deall; rhaid cael mwy na chyflead o ffeith-
iau gwyddonol parth natur a deddfau anianol
a materol, i ffurfio bywyd, ac effeithio gonest-
rwydd a chyfiawnder yn y dyn. Rhaid cael
egwyddorion ysbrydol yn y galon, a syniad o
gyfrifoldeb i Fôd hollwybodol yn y meddwl,
i'r dyben o ddiwygio cymdeithas. Mae Duw
yn y meddwl yn cadw dyn yn y dirgel fel yn
y cyhoedd, yn onest a da; ac y mae y ffaith
hon yn brif ffaith er lles cymdeithas.

Mae Mr. Cook yn awdwr digon pwysig i ni
ddyfynu o'i waith beth bynag a berthyn i'r
mater dan sylw, ac felly codwn a ganlyn o'i
ddarlithiau ar " *Transcendentalism* :" "Y mae
Cristionogaeth yn cynwys moesddysg gyflawn;
dysg ddynion i roi addoliad i'r holl briodoledd-
au dwyfol. Mae yn athroniaeth, yn gelfyddyd,
yn dyfiant, ac hefyd mae yn ddatguddiad o nat-
ur pethau, i'r rhai nid oes gyfnewidiad na chysg-
od o droedigaeth Ond ei phrif feddwl, ei chan-
olbwynt, yw y Person sanctaidd datguddiedig

gan y ddeddf foesol, ac ar yr un pryd yn
Waredwr ac Arglwydd; a chariad at y person
hwn fel moddion, ac unig foddion effeithiedig
posibl i buro y byd. Duw fel Duw y cymod
drwy hunan-aberthiad iawnol; Duw fel ei
dangosir mewn hanesiaeth; y groes ag sydd
yn llawn o natur pethau; cariad personol per-
ffeithrwydd annherfynol fel goleuad adened-
igol; HYN yw yr ardderchogrwydd a'r ofnad-
wy ag sydd wedi gorchfygu, ac a barha i orch-
fygu."

Heb y drychfeddwl o Dduw personol a
hollwybodol, Duw ag sydd yn dal dynion yn
gyfrifol am eu holl weithredoedd yn y byd, ni
ellir ymgodi mewn gwareiddiad, eithr suddir
yn îs, îs o hyd i dywyllwch ac aflendid bar-
baraidd. Mae hyn yn cael ei brofi yn eglur
gan hanesyddiaeth. Gwelir engraifft o hyn
wrth gydmaru y Weriniaeth a sefydlwyd yn
Ffrainc gan yr anffyddwyr Mirabeau, Verg-
niand, a Robespierre—byr fu ei pharhad, a
chreulon ei dylanwad—a'r Weriniaeth a sef-
ydlwyd yn America gan y Cristionogion,
George Washington, William Penn, a Roger
Williams. Y mae hon yn fyw eto, yn gref a
heinyf, yn llwyddianus a chysurus. A dywed-
ai Emile De Loveleye: "I sefydlu llywodr-

aeth, mae Cristionogaeth Wm. Penn a George
Washington yn well *cement* nag athroniaeth
Vergniand, Robespierre a Mirabeau."

Gosodir yn gyffredin bwys neillduol ar
dystiolaeth gelyn, os bydd yn taro yn ei erbyn
ef ei hun, yn ffafr yr ochr wrthwynebol. Saif
enw Mr. Edward Gibbon yn uchel yn mhlith
prif awduron hanesyddol, ac yn nghyfres
meddylwyr mwyaf treiddgar yr oesau, ac y
mae anffyddwyr yn ei hawlio yn un o honynt
hwy. Felly mae ei gyfaddefiadau, a'r ffeith-
iau a geir yn ei brif waith, " *The Decline and
Fall of the Roman Empire*," yr hwn a ystyrir
yn safon ar y mater y traethir arno ynddo,
yn werthfawr ar gyfrif eu cywirdeh, a chyfadd-
asrwydd anmhleidiol yr awdwr at y gwaith.
Mae cryn wahaniaeth rhwng barn ddysgedig
Mr. Gibbon a haeriadau anwybodus Mr. R.
Ingersoll parth nodweddion y Cristionogion
cyntefig, a dylanwad Cristionogaeth yn y byd.
Wrth sylwi ar y Cristionogion cyntaf, dywed
Mr. Gibbon : " Yr oedd eu bywyd sefydlog a
chymedrol, croes i fywyd uchel a gloddestol
yr oes, yn eu cymell i burdeb, diweirdeb, cyn-
ildeb, sobrwydd, a rhinweddau teuluol."— *Vol.
I., p.* 405.

Mae Dylanwad Cymdeithasol Cristionog-
12

aeth yn cael ei awgrymu gan Mr. Gibbon
wrth osod allan droedigaeth Constantine at y
grefydd Gristionogol : " Teimlai Constantine
fod y cyfreithiau doethaf yn annigonol i sicr-
hau teyrnasiad llwyddianus ; anfynych y cyn-
yrchant rinweddau, ac nid bob amser y
rhwystrant ddrwg.   Gwnaeth deddf-wneuth-
urwyr yr hen oesau alw i'w cymorth alluoedd
gwybodaeth a barn.   Yr oedd Groeg a Rhuf-
ain yn methu trefnu ffordd fuddugoliaethus
i ddiwygio moesau a chyflwr y bobl. Yr oedd
Constantine yn teimlo hyn, a hyny yn eithaf
priodol, gallwn feddwl ; a theimlai toddlon-
rwydd a balchder neillduol wrth sylwi ar
gynydd crefydd yr hon a gyfranai gyfun-
drefn o foesau pur, haelionus, elusengar, a
chyffredinol, i'r bobl—crefydd ag egwyddor-
ion priodol a chyfaddas i bob dyledswydd a
chyflwr bywyd, cymeradwy gan ewyllys a
rheswm Duw goruchel ; cymelledig, gan wobr-
wyon i'r rhai da, a chosbau i'r rhai drwg.
Gwelodd y buasai dylanwad yr efengyl yn
gwasgaru rhinwedd personol a chymdeithas-
ol."— *Vol. I., p.* 601.

Dyna dystiolaeth ardderchog o du Cristion-
ogaeth ; duwioldeb yn fuddiol i sicrhau ben-
dithion tymorol, personol, cymdeithasol a

theyrnasol. Hyn fu yn gymelliad i'r ymerawd-
wr paganaidd ddyfod yn ymerawdwr Crist-
ionogol. Nid tystiolaeth penboethyn cref-
yddol yw hon, eithr eiddo anffyddwr dysged
ig a galluog.

Wrth ddilyn yr efengyl yn mlaen drwy yr oes-
au, dywed Mr. Gibbon : " Yn y nawfed, y ddeg-
fed, a'r unfed-ganrif-ar-ddeg, ymdaenodd teyrn-
asiad yr efengyl dros Bulgaria, Bohemia, Hun-
gary, Saxony, Denmark, Norway, Sweden, Po-
land, a Rwssia. Bywyd sanctaidd a thafod hy-
awdl oedd unig arfau y cenadon. Yr oedd der-
byniad y barbariaid hyn i derfynau gwladraith
ac eglwysiaeth yn gwaredu Ewrop oddiwrth
anrheithiadau' ar dir a môr gan Normaniaid,
Hungariaid, a Rwssiaid, y rhai a ddysgasant
drwy yr efengyl i arbed eu brodyr, a gofalu
am eu meddianau. Hyrwyddwyd sefydliad
cyfraith a threfn wladol gan ddylanwad y
pregethwyr; cyflwynwyd egwyddorion y celf-
au a'r gwyddorau i wledydd barbaraidd y
byd."— *Vol. III., p.* 111, 112.

Felly rhaid i ni gredu mai Cristionogaeth
yw yr achos. Gwybodaeth, moesau, rhin-
weddau, trefn, llwyddiant, diogelwch, celfau
a'r gwyddorau, ydynt gynyrchion neu effeith-
iau yr achos mawr hwn.

Mae yr hanesydd Knight, yn ei *History of England,* yn sylwi ar sefyllfa gythryblus cymdeithas yn Mhrydain, a dywed: "Ond yn nghanol y dadleuon gwrthdarawiadol hyn, y rhai oeddent, yn ol pob tebyg, yn cynhyrfu yr eglwysi yn fwy nag yn aflonyddu y bobl, yr oedd egwyddorion iachusol a dynoliaethol Cristionogaeth yn gweithredu i gynyrchu llonyddwch a chydraddoliaeth cymharol yn mhlith trigolion yr ynys. Yr oedd wedi lleddfu llawer ar orthrwm milwrol y gormesydd. Yr oedd elfenau amrywiol—Roman, British, a Teutonic—cymdeithas yn cael eu cydgysylltu yn ddefnyddiau i ffurfio un genedl gref." Yn sicr, rhaid fod Dylanwad Cymdeithasol Cristionogaeth yn dda iawn, cyn y buasai pob hanesydd treiddgar ag sydd wedi bod yn myfyrio cyfnewidiadau yr oesau, ac wedi ysgrifenu hanesion gwledydd, yn cyd-ddwyn y fath dystiolaeth ardderchog yn ffafr efengyl Crist.

Y DYLANWADAU GWRTHWYNEBOL.

Paganiaeth Gyntefig.

Mae Cristionogaeth wedi gorfod gwrthsefyll dylanwadau cryfion cyn cael gafael ar gymdeithas i'w thrawsffurfio i'w phriod-ddull ei hun. Gwnaeth Cristionogaeth ei hymddang-

osiad yn y byd pan oedd paganiaeth gyntefig
yn ei gogoniant, yn grefydd Groeg a Rhufain;
pan oedd dysgedigion a llywodraethwyr y
byd yn ei chefnogi; pan y canai y beirdd ei
chlodydd mewn mawl-gerddi, a gwrol-ganiad-
au i'r duwiau a'r duwiesau; pan oedd athron-
wyr goreu yr oes yn athronyddu yn ei ffafr,
celfyddydwyr yn portreadu ei gwrthddrychau
mewn cerfiadwaith ysblenydd yn mhob man,
ar demlau lawer a godidog, ac ar arfau dys-
glaer a llestri gorwych; a phan oedd y byd yn
talu gwarogaeth iddi. Paganiaeth oedd meistr-
es y byd, arglwyddes cymdeithas, a gwrth-
ddrych penaf yr unigolion. Ond gorchfygodd
Cristionogaeth hi pan yn nghyflawnder ei go-
goniant a nerth, a'r byd o'i thu. Gorfu iddi
ymgilio o bob gwlad, a diflanu fel niwl y boreu
o flaen Cristionogaeth--llewyrchiad Haul dydd
cyfiawnder goleu.

Methodd anffyddiaeth orchfygu paganiaeth
er iddo gael cryn gynorthwy gan gewri medd-
yliol; ond lle y methodd anffyddiaeth, y mae
Cristionogaeth wedi llwyddo. Ac os methodd
anffyddiaeth orchfygu duwiau meirwon, nid
gwiw dysgwyl iddo byth orchfygu y Duw
byw. Llwyddodd Cristionogaeth yn rhyfedd-
ol iawn pan oedd y byd i gyd braidd yn ei

herbyn, yn ei gwahardd i gyffwrdd â chym-
deithas, ac yn defnyddio y cleddyf, y carchar,
ac angau, i'w hatal. Oni wnaeth Rhufain
baganaidd bob ymdrech yn erbyn Cristionog-
aeth, gan ladd miloedd lawer o'i phroffeswyr
mewn modd creulon? Ac eto, achwynai
awdurdodau Rhufain yn y ganrif gyntaf fod y
Cristionogion yn mhob man yn cynyddu yn
rhyfeddol! Sefydlwyd crefydd Iesu Grist
pan oedd yr holl fyd llywodraethol, pob gor-
sedd ddaearol, a phob cleddyf a charchar yn
ceisio a'u holl egni ei rhwystro. Y mae ei
llwyddiant, dan y fath amgylchiadau, yn
ddangosiad o'i chryfder, a'i chyfaddasrwydd i
lywodraethu cymdeithas. Mae yr hen ddull
cymdeithasol wedi diflanu.

Paganiaeth Bresenol.

Prif grefydd baganol India yw Buddhydd-
iaeth. Mae y crefyddwyr hyn yn amddifad o
Dduw holl-bresenol a thragywyddol. Mae
pob peth sydd, wedi dod i fodolaeth drwy
weithrediadau deddf holl-lywodraethol. Duw-
iau syrthiedig yw dynion; bu y duwiau yn
ddynion unwaith, a gall dynion fyned yn
dduwiau eto, ond rhaid iddynt fyned drwy
lawer o ffurfiau bodolaeth, a dyoddef uffernau

llawer cyfnod anghyfrifadwy, yna ânt yn
dduwiau; ac yn ddiweddol ânt i ddifodiant
hollol. Mae pechod un cyfnod yn cael ei
gosbi mewm bodolaeth ddilynol. Os gen-
ir un heb draed ganddo, dywedir fod
hyny am ei fod mewn bodolaeth flaen-
orol wedi tori ymaith draed rhyw ddyn.
Rhaid addoli ac aberthu llawer iawn i'r duw-
iau yn iawn dros bechodau. Dan ddylanwad
crefydd o'r daliadau yna, y mae India wedi
aros mewn tywyllwch du ac anwareidd-dra
dwfn; ac y mae sefyllfa cymdeithas yno yn
druenus i'r eithaf.

Mae yn dda genym nodi yma fod gobaith
da o flaen India dlawd. Dywedai llywydd
cymdeithas o Hindus Brahmo Somaj, o'r enw
Kesub Chunder Sen, yn ddiweddar am India:
"Y mae y gymdeithas frodorol yn cael ei deff-
roi, ei goleuo, a'i diwygio dan ddylanwad
Cristionogaeth."

Syr Bartle Frere, ar ol bod yn drigianydd
yn India am 30 mlynedd, a ddywedai: "Mae
dysgu Cristionogaeth yn mhlith 160,000,000
o Hindoos a Mahometaniaid yn effeithio yn
anghyffredin ar India. Y mae profiad ychyd-
ig flynyddau yn debyg o egluro y ffaith mai y
Genadaeth Gristionogol yw y peiriant anghyd-

marol oreu a ddygwyd erioed i weithredu ar
fuddion cymdeithasol, llywodraethol a mas·
nachol dynoliaeth."

Dywedai Maharjah, o Travancore, India,
pan ar ymweliad a sefydliadau cenadol yn
Colayam: "Yn mhell cyn i'r llywodraeth ei
hunan ymgymeryd â'r gorchwyl dyngarol o
ddysgu ei deiliaid, yr oedd cenadon Cristion·
ogol wedi codi gwylfa gwybodaeth yn y tir.
Nis gall un byth fod yn ddigon diolchgar am
gyflwyniad yr elfen wareiddiol hon i'n plith,
ac am ei dadblygiad dymunol a pharhaus.
Gallaf ddyweyd gyda sicrwydd fod y budd
mwyaf wedi deillio i'r llywodraeth, yn gymaint
a bod ein llafur yn cynyddu flwyddyn ar ol
blwyddyn; nifer ein poblogaeth teyrngarol,
heddychol a gwaraidd yn lluosogi, ac yn dod
yn fwy parchus ac ufudd i'r cyfreithiau bob
dydd, yr hyn yw sylfaen llywodraeth dda."

China a Confucius.

Sonir llawer am ragoroldeb y Chineaid, a
mawr ganmolir Confucius fel awdwr cyfun·
drefn dda er lles cymdeithas. Crefydd Con·
fucius yw y dylanwad cymdeithasol mwyaf yn
China. Ond beth yw cyflwr China, a pha
beth y mae China wedi ei wneyd i ddiwygio

y byd? Mae China yn wlad fawr, y Chineaid
yn genedl luosog—y luosocaf yn y byd. Cyn-
wysa fwy nag un rhan o bedair o boblogaeth
y ddaear. Mae hefyd yn hen genedl, a chan-
ddi y llywodraeth henaf yn y byd. Yr oedd
ganddi ymerawdwr etholedig 2,000 o flynydd-
oedd cyn Crist.

Mae y wlad yn iachus a ffrwythlon. Mae
wedi cael pob math braidd o grefydd; mae
ganddi y grefydd ddynol oreu a fu yn y byd
erioed, er ys tua 500 mlynedd C. C. Ond er
hyn oll yr un yw China heddyw ag oedd y
pryd hwnw. Gallasem ddysgwyl gweled cym-
deithas yn ei gogoniant yn awr yn China,
llwyddiant ar ei huchel-fanau, gwybodaeth yn
goron i'r genedl, a moesoldeb a gwareiddiad
yn eu gwisgoedd goreu, mor bell ag y medr
cyfleusderau a galluoedd dynol effeithio a
chynyrchu y pethau hyn. Ond nid felly y
mae.

Mae rhai egwyddorion da iawn yn eu cref-
ydd—egwyddorion tebyg i eiddo Cristionog-
aeth. Dywedai Confucius: "Yr hyn ni fyni
i arall wneyd i ti, paid ti a'i wneyd i eraill."
"Yr hyn nid wyt yn hoffi pan yn cael ei
wneyd i ti, paid a'i wneyd i eraill." "Yr hyn
y mae dyn yn ei gasâu yn ei uwchraddolion, na

fydded iddo ei arferyd tuag at ei is-raddolion."
"Yr hyn nid yw yn ei hoffi yn ei is-radd-
olion, na fydded iddo ei ddangos yn ei ym-
ddygiad at ei uwch-raddolion."

Ni wnai Confucius gefnogi myfyriaeth am
angau, byd arall, nac ysbrydion. Cyfyngai
sylw y bobl i'r presenol yn gwbl. Yn ateb
i'w ddysgybl a'i holai parth gwasanaeth ys-
brydion, a'r meirw, dywedai, "Gan nad wyt
alluog i wasanaethu dynion, pa fodd y gelli
wasanaethu ysbrydion?" Yn atebiad parth
angau, dywedai, "Tra nad wyt yn adnabod
bywyd, pa fodd y gelli wybod parth angau?"

Ni wnaeth Confucius son braidd ddim am
Dduw personol, neu am ddyledswyddau dyn i
Fôd Goruchel. Ond gwnawd y diffyg hwn i
fyny yn fuan gan athronydd enwog o'r enw
Las-Fzse. Daeth ef a'r elfen ofergoelus i
mewn i grefydd Confucius. Yn ychwanegol
at hyn cyflwynwyd Buddhyddiaeth i China
tua'r flwyddyn 61 C. C. Felly, y mae China
wedi cael digon o fathau o grefyddau, a llaw-
er o elfenau er dyrchafu cymdeithas Gwnawd
crefydd Confucius yn grefydd wladol ganoedd
o flynyddoedd cyn geni Crist. Mae wedi par-
hau o hyd yn sylfaen addysg i'r genedl. Bod
yn hyddysg ynddi ydyw un o brif anhebgorion

dyrchafiad i swydd ac anrhydedd yn y wlad-
wriaeth. Mae brawddegau dysgeidiaeth y
grefydd hon yn gerfiedig ar gof-golofnau mar-
mor, ar byst y drysau, ac yn ysgrifenedig ar
drwyddedau y llywodraeth, yn lliwiedig ar
ddillad gwelyau, ac addurnir parwydydd y tai
a'r temlau â hwynt. Ond er hyn oll, y mae
methiant yn y cyfan.

Dywed cenadwr o'r wlad hono: "Y mae yr
holl bethau hyn wedi troi y bobl y genedl
fwyaf hunanol yn y byd, y genedl fwyaf dau-
wynebog a thwyllodrus; ceir gwên ar y wyn-
eb a dichell yn y galon ar yr un pryd. Y
mae anonestrwydd, dichelliaeth, celwydd, tor-
cyfamod, balchder a dialedd, yn brif nodwedd-
ion yr holl hil."

Er i China gael crefydd Confucius ganoedd
o flynyddoedd cyn i'r byd gael crefydd Crist,
eto Cristionogaeth yw brenines y byd heddyw.
Nid China, eithr Prydain sydd wedi bod yn
allu offerynol trawsffurfiol moesol y byd. Nid
yw China wedi gwneyd un weithred dda i'r
byd. Mae fel pe yn ceisio cadw ei holl dda-
ioni tu fewn i'r "Mur Mawr;" tra y mae
Prydain yn gwasgaru ei pheraroglau i'r holl
wledydd, heb eithrio China ei hunan.

Cymdeithas yn China.

Dywedir fod y menywod yn China yn gweddio yn nheml Buddha am iddynt, yn eu sefyllfa nesaf, gael eu geni yn wrywod! Mae hyn yn awgrymu fod cyflwr y "rhyw deg" yn hynod o druenus yno. Dywedir gan awdurdodau uchel fod y menywod yn cael eu cadw mewn sefyllfa o gaethiwed gwarthus. Y rhieni sydd yn gwneyd y priodasau; ac yn aml ni wel y mab a'r ferch eu gilydd i siarad â'r naill a'r llall hyd ddydd eu priodas, ac y mae y wraig yn cael ei hystyried yn gaethwas i'w gwr. Yn ngwyneb hyn, nis gall fod dylanwad Conffusiaeth yn dda iawn.

Nid yw eu barnwyr chwaith ond "gwyr y geiniog"—gwerthant eu barn er mwyn elw personol. Mae eu cosbedigaethau yn greulon a gwrthunus; ac y mae caethiwed yn bodoli yno i raddau helaeth. Nid yw gwybodaeth y Chineaid yn llawer o'i gydmaru ag eiddo cenedloedd Cristionogol. Ni wyddant am y darganfyddiadau diweddar mewn gwyddoniaeth; ac nid yw eu gwybodaeth am natur ond cyfyng iawn. Ni fyn y Chinead fod yn fwy gwybodus na'i gyn-deidiau. Yn ngwyneb hyn, mae yn syndod i ryw un anturiaethus yn China dori dros ben terfynau a rheolau y gen-

edl, a dyfeisio math o argraff-wasg tua dech-
reu y ddegfed ganrif, a chyhoeddi argraffiad o'u
llyfrau sanctaidd yn 932 O. C. Ond eto, nid
ydynt yn awr fawr yn uwch nag oeddent 2,000
mlynedd yn ol. Ni ddadenhuddasant drysor-
au eu daear; nid ydynt wedi prydferthu ar-
wynebedd eu tir, na hyrwyddo masnach a
threfn; darparu cyfryngau trosglwyddol, na
gwneyd dim, ond drwy orfodiaeth, i lesoli y
byd tu allan iddynt hwy eu hunain.

Er i Confucius ddyweyd fel hyn : " Nid wyf
yn dysgu dim ond yr hyn a allech ddysgu eich
hunain, sef gwarogaeth i dair deddf natur—
cysylltiad penadur â deiliaid, tad a phlentyn,
gwr a gwraig ; a'r pum' prif rhinweddau can-
lynol : caredigrwydd cyffredinol, cyfiawnder
anmhleidiol, cyd ffurfiad â defodau ac arferion
sefydlog, uniondeb calon a meddwl, a didwyll-
edd pur;" eto, y mae China yn foesol farw.

Anhawdd cael gwell dysgeidiaeth na'r
uchod ; ond nid oes yna allu i'w chario i
weithrediad ; dim Duw, cyfrifoldeb, na byw-
yd, dim gwobr na chosb. Dyna ddiffygion
pob peth dynol ar ei oreu. Ond y mae cenad-
on efengylaidd yn China er y flwyddyn 1807,
ac oddiar hyny y mae y wlad fel pe yn dech-
reu symud yn mlaen i oleuni newydd. Mae

yno yn awr 300 o genadon, a 60 o honynt yn
fenywod; ac heblaw hyn, mae 80 o bregeth-
wyr brodorol ordeiniedig, a chanoedd o weith-
wyr efengylaidd eraill yno. Hyn sydd yn
cyfrif am yr arwyddion ffafriol a geir yn bres-
enol fod China yn myned i ddyfod i fyw yn
yr oes hon, gan adael tywyllwch ofergoeliaeth
a chreulonderau yr oes gynt i ddiflanu.

Mae Dr. Legge, Oxford, Lloegr, o'r farn, òs
bydd i bethau barhau i fyned yn mlaen fel yn
y presenol gyda y gwaith o argyhoeddi Chi-
neaid i Gristionogaeth, y bydd yn y flwyddyn
1913 ddim llai na 25,000,000 o aelodau eglwys-
ig, a 100,000,000 yn proffesu bod yn Gristion-
ogion, yn yr ymerodraeth Chineaidd. Dywed-
ai swyddog Lloegr, yr hwn sydd yn weinidog
y Goron yn Chefoo, China: "Credwyf y bydd
i'r llwyddiant rhyfeddol y mae ysbryd Crist-
ionogaeth wedi effeithio yn y parth hwn yn
ddiweddar, ddylanwadu yn ddymunol iawn
ar fasnach yn y dyfodol." Yn mhellach, dy-
wed, fod ymdaeniad Cristionogaeth yn sicr yn
China, ac y bydd hyn yn sicr o hyrwyddo
masnach; fod corph y bobl iselaf yn hynod
wrthwynebol i ymarferiad meddyliol. O gan-
lyniad, y bydd i egwyddorion Cristionogaeth
eu hadfywio i *feddwl*, ac yna byddant yn sicr

o droi eu meddwl at bethau tymorol a mas-
nachol yn ogystal a phethau crefyddol. Mae
yn ffaith fod Cristionogaeth yn allu bywioca-
ol, lle y methodd yr holl gelfyddydau pagan-
ol yn hollol, er iddynt gael canrifoedd lawer o
flynyddoedd o brawf.

Mahometaniaeth a Christionogaeth.

Mae Mahometaniaeth wedi gwneyd gorchest-
ion, ac wedi effeithio yn ddwys ar gymdeith-
as. Ond cofier mai trwy rym arfau cnawdol
a materol y cafodd ei buddugoliaethau. O
ganlyniad, y mae yn annhebyg iawn i Grist-
ionogaeth yn ei dull, ac yn ei chyfryngau mil-
wrol i ddarostwng y byd. Gorfodaeth a thrais
yw nodweddion dylanwad cymdeithasol cref-
ydd Mahomet. Modd bynag, rhoddwn chwar-
eu teg iddi, ac edrychwn ar ei dylanwad yn ei
gwlad ei hun, lle y ca y cyfleusderau goreu i
ddangos ei hunan; a chyferbynwn ei dylan-
wad â dylanwad crefydd Crist. Er mwyn
gwneyd cyfiawnder â'r mater, derbyniwn dyst-
iolaeth a desgrifiad llygad-dyst o'r wlad lle y
teyrnasai Mahometaniaeth—Twrci. Dywed
Joseph Cook: " Mi a hwyliais i fyny ar y
Danube, ac edrychais ar bentrefi Mahometan-
aidd, a thrachefn ar rai Cristionogol. Dyna

bentref Mahometanaidd, yn yr hwn nid oes car-
tref yn ngwir ystyr y gair; cwn ydynt ysgubwyr
neu lanhawyr heolydd y pentref.   Y gwrth-
ddrych cyntaf a gyfarfydda eich llygaid a'ch
ffroenau mewn pentref Mahometanaidd yn y
Dwyrain yn gyffredin yw pentwr o garthion
afiach wrth y pyrth ; y peth nesaf fydd haid
o gwn, dros y rhai y syrthiwch, oni bydd i
chwi fod yn lled ofalus, i'r baw ; ac yna brith-
weithiad gwê y pryf gopyn ar ffenestri y
bwthynod bawlyd.   Yn Hebron, bum bron
cael fy *mobio* yn yr ystrydoedd drewllyd gan
ddynion mwy drewllyd, drwg-dybus a gwyllt ;
tra yn Bethlehem, tref Gristionogol, ni welais
ddim carthion hyd yn nod yn yr ystrydoedd
mwyaf cuddiedig a dinod ; yr oedd pob peth
yn brydferth a gweddus."—*Marriage, p.* 36.

Nid oes raid i'r cyfarwydd yn hanes Twrci
gael profion ychwanegol parth cyflwr anny-
munol y wlad, a'r hyn a wyr drwy ei hanes.
Hawdd ganddo gredu Mr. Cook.   Mae y syl-
wadau a ddyfynasom uchod yn awgrymu llaw-
er iawn am sefyllfa isel cymdeithas yno.   Twrci
yw y wlad dywyllaf ei deall, iselaf ei moesau,
gyfyngaf ei rhyddid, o bob gwlad wareiddied-
ig, os teilwng yw o'r enw hwn.

Dilynwn Fahometaniaeth i wlad arall en-

wog ar gyfrif henafiaeth aruchel, Groeg, gwlad
y beirdd a'r athronwyr, yr areithwyr a'r deddf-
wneuthurwyr, enwocaf yn yr oesau gynt. Der
byniodd y wlad hon Gristionogaeth yn lled
foreu, a bu yn llwyddianus a chysurus iawn
dan ei dylanwad. Ond daeth ei dydd tywyll
arni—rhuthrodd estroniaid anwaraidd iddi—
ymosodwyd arni gan y Twrciaid, a chadwyd
Groeg am ganoedd o flynyddoedd dan ddylan-
wad gorthrymus Mahometaniaeth. Suddodd
i gyflwr truenus iawn. Ond yn 1829, enill-
odd ei hannibyniaeth oddiwrth iau Fahomet-
anaidd y Twrc, ac oddiar hyny y mae Groeg
yn cynyddu mewn trefn, diwydrwydd, mas-
nach, llenyddiaeth, a gallu hunan-lywodraethol.
Mewn cysylltiad â chyflwr cymdeithasol y
wlad hon, dywed Mr. Joseph Cook: "Deugain
mlynedd yn ol, ni ellid prynu llyfr yn Athen;
heddyw, y mae un o bob deunaw o holl drig-
olion Groeg yn yr ysgol! Mae haner can'
mlynedd o annibyniaeth wedi dyblu poblog-
aeth Groeg, cynyddu ei chyllid i 500 y cant,
ei llynges o 440 i 5,000 o longau; agor wyth
porthladd, sylfaenu un-ar-ddeg o ddinasoedd
newyddion, adferyd deugain o hen bentrefi
adfeiliedig, ac estyn cysylltiadau pellebrol
drwy yr holl deyrnas. Mae Athen wedi new-
13

id o fod yn faesdref o dwlciau neu fwthynod,
i ddinas orwych o 60,000 o drigolion ; ac y
mae ynddi balas breninol a deddfwneuthurfa ;
chwech o *type foundries*, deugain o argraffdai,
ugain o newyddiaduron ; arsyllfa seryddol ;
prif ysgol, gyda haner cant o athrawon, a deu-
ddeg cant o ysgolheigion yn derbyn addysg."

" Haner can' mlynedd yn ol, yr oedd Groeg
yn gaethes a chardoten ; heddyw saif, yn ol
barn ac ystadegau ei gelynion, y flaenaf o'r
cenedloedd hunan-ddysg."—*Orthodoxy, p.* 126.

Yr hyn sydd yn cyfrif am y cyfnewidiad yw,
ei hymryddhad oddiwrth iau Mahomet a'r
Twrc, a'i derbyniad o iau Cristionogaeth.
Newidiwyd y dylanwad, a newidiodd ym-
ddangosiad cymdeithas.

Pabyddiaeth a Phrotestaniaeth.

Yr ydym wedi dangos fod Dylanwad Cym-
deithasol Cristionogaeth yn fuddugoliaethus a
bendithlawn yn mhob gwlad ag sydd wedi ei
deimlo. Y mae yn ofynol i ni roi y darllen-
ydd ar ei wyliadwriaeth rhag syrthio i'r un
camgymeriad pwysig ag sydd wedi tywys
llawer un i daflu baw ar draws Tywysoges y
nef, a myned eu hunain i ganol anffyddiaeth.
Mae llawer yn gwisgo yr enw o Gristion

ag sydd yn hollol annheilwng o hono. Y mae
dau ddosbarth lluosog yn rhestru eu hunain
yn rhengoedd Cristionogaeth—y Pabyddion a'r
Protestaniaid. Y mae gwahaniaeth dirfawr
rhwng y ddau ddosbarth hyn, a rhwng eu dy-
lanwad ar gymdeithas yn gyffredin. Credwn
fod Protestaniaeth yn fwy Cristionogol nag
yw Pabyddiaeth. Er nad ydym yn hawlio
perffeithrwydd Cristionogol i Brotestaniaeth,
eto dyna yr adran grefyddol agosaf i'r hanfod
ei hunan. A phan ydym yn son am Gristion-
ogaeth, golygwn Gristionogaeth bur, neu y
debycaf iddi—Protestaniaeth.

Yn awr, cawn sylwi ar y gwahaniaeth sydd
rhwng dylanwad cymdeithasol Protestaniaeth
a dylanwad cymdeithasol Pabyddiaeth. Cym-
erwn awdwr dysgedig o Liége, Belgium, yn
gynorthwywr, ac yn ngoleuni ei farn a'i brof-
iad ef gallwn ddyweyd, ei fod yn gyfaddefiad
cyffredinol mai gwasgariad gwybodaeth yw
amod cyntaf cynydd. Dysgeidiaeth yw syl-
faen rhyddid a llwyddiant cenedloedd. Mae
pob gwlad Brotestanaidd yn arwain mewn
gwybodaeth, heb ond ychydig neu ddim o rai
anllythyrenog o'u mewn. Er engraifft, dyna
y Saxoniaid, Denmarkiaid, Swedeniaid, a'r
Prwssiaid ; tra y mae gwledydd Pabyddol yn

mhell yn ol, gyda o leiaf un ran o dair o'r
boblogaeth yn anllythyrenog, fel yn Ffrainc a
Belgium ; neu un ran o bedair, fel yn Spaen a
Portugal. Cymerer Switzerland yn esiampl.
Mae rhanau Neuchatel, Vaud, a Geneva, yn
Brotestanaidd ; ac y maent lawer o flaen Tes-
sin, Valais, a Lucerne, lle y mae y Pabyddion
yn y mwyafrif. Yr achos yw, y Beibl. Rhaid,
felly, i Brotestanaidd yn gyntaf ddarllen. Gair
cyntaf ac olaf Luther oedd, "Dysgwch y plant;
mae yn ddyledswydd llywodraethwyr a rhi-
eni ; y mae yn orchymyn Duw." "Daeth tyng-
edion Ffrainc a Lloegr yn hollol wahanol ar
ol yr unfed-ganrif-ar-bymtheg, pryd y gorch-
fygodd y Puritaniaid yn Lloegr"—goruchaf-
iaeth i Brotestaniaeth oedd hon—"ac y gyrodd
Louis XIV. y diwygwyr o Ffrainc." Llwydd-
odd Lloegr mewn moesoldeb, dysg, a masnach,
tra y goddiweddwyd Ffrainc â dinystr ac af-
lwyddiant yn y pethau hyn. Y mae yr Ys-
gotiaid a'r Gwyddelod o'r un dechreuad cen-
edlaethol, a'r ddwy genedl dan lywodraeth
Lloegr. Hyd yr unfed-ganrif-ar-bymtheg, yr
oedd y Gwyddelod yn fwy gwaraidd na'r Ys-
gotiaid. Ond wedi i'r Ysgotiaid dderbyn y
grefydd ddiwygiedig, Protestaniaeth, y maent
wedi curo hyd yn nod y Saeson eu hunain. Y

mae Macaulay yn dyweyd fod Ysgotland o flaen Lloegr yn mhob peth yn yr ail-ganrif-ar-bymtheg. Ond y mae yr Iwerddon, o'r tu ar-all, yn glynu wrth Babyddiaeth, ac y mae yn dlawd a thruenus, ac yn gythryblus gan ys-bryd gwrthryfel; ac, yn ol pob tebyg, yn an-alluog i adenill ei hannibyniaeth gwladol, er ei bod yn rhy ddall i weled hyny.

Ceir darlun o'r un natur wrth edrych ar Connaught Babyddol, lle ag sydd yn ddarlun o eithafion trueni dynol mewn gwlad war-eiddiedig, tra y mae Ulster Brotestanaidd, yn gyfoethog gan ddiwydrwydd. Y mae yr un ffaith yn dod i'r golwg wrth gydmaru gwahan-ol genedloedd mewn gwahanol gysylltiadau. Dyna y Cymry a'r Gwyddelod, dwy genedl o'r un gwreiddyn yn perthyn i'r un llywodraeth, yn byw yn yr un hinsawdd, ac yn yr un cyf-nod; ond mor wahanol yw cyflwr cymdeithas-ol y naill i'r llall! Mae Cymru yn baradwys o'i chydmaru a'r Iwerddon, er mai y wlad olaf yw y brydferthaf yn naturiol. Ac nis gall dim gyfrif am ragoriaeth Cymru, a gwaelder yr Iwerddon, mewn ystyr gymdeithasol, ond fod y Cymry yn Brotestaniaid, a'r Gwyddelod yn Babyddion. Ceir, hyd yn nod yn yr un wlad, ac yn yr un genedl, dan Babyddiaeth a than Brotestaniaeth, fod y rhan Brotestanaidd yn ddysgedig, bywiog, cyfeillgar, ac mewn cymod â'r byd tu allan, tra y mae y rhan Babyddol yn dlawd, diog, anwybodus, a chwerylgar, fel dau barth Rhodes. Rhaid, gan hyny, mai crefydd, ac nid hinsawdd, penglog, neu genedl, sydd yn achosi y gwahaniaeth a welir mor amlwg yn nghyflwr cymdeithasol gwahanol wledydd a chenedloedd."—*Emile DeLaveleye.*

Cyn galwad yn ol "The Edicts of Nantes," yr oedd y Protestaniaid yn tra rhagori ar y Pabyddion mewn diwydrwydd a llwyddiant masnachol. Methai y Pabyddion gynal eu hunain wrth gyd-ymgeisio ar dir agored llafur a masnach, tra yr oedd y Protestaniaid yn byw yn fras, ac yn cyfoethogi, a hyny yn deg.

Yn y flwyddyn 1662, gorfu i'r Protestaniaid ffoi i Loegr, Prwssia a Holland. Aethant yn llawn o ysbryd diwydrwydd a chynildeb. Cyfoethogasant y rhandiroedd lle y sefydlasant ynddynt. Ac iddynt hwy, yn benaf, y mae Lloegr yn ddyledus am lawer o'i llaw-weithfaoedd a'i chynydd. Dysgyblion Calvin hefyd wareiddiodd Ysgotland.

Gofynwyd, "Paham y mae chwildroadau y *Low Countries*, a Lloegr, a'r Unol Dalaethau,

wedi llwyddo yn eu hamcanion, tra y mae
eiddo Ffrainc wedi methu?" I hyn yr ateb-
odd yr enwog Guizot: " Nid wyf yn petruso
ateb, mae yr achos yn y ffaith mai gwledydd
Protestanaidd oedd y blaenaf, tra mai gwlad
Babyddol oedd yr olaf."

Mae yn eglur mai llywod-ddysg naturiol
Protestanaiaeth yw llywodraeth gynrychiol-
yddol; ond un unbenaethol yw eiddo Pabydd-
iaeth. Mae Cristionogaeth yn cynyg deongliad
i ofyniadau cymdeithasol a barant i lafurwyr
a chyfalafwyr i ymrysoni â'u gilydd, sef gwasgu
y syniad o frawdoliaeth a hunan-ymwadiad ar
y ddau ddosbarth. Y mae pregethu yr efeng-
yl yn ei phurdeb yn tywys i deyrnasiad hyf-
ryd cyfiawnder."—*Emile De Laveleye.*

Pan gofiom mai brenines Brotestanaidd oedd
Elizabeth, gwelwn briodoldeb y dyfyniad can-
lynol yma: " Yn amser teyrnasiad y Frenines
Elizabeth, yn Lloegr, yr oedd y bobl wedi
dadebru i ddiwylliant rhyfeddol. Newidient
eu tai gwael cleiog a phlethedig am rai o
bridd-feini, neu o geryg; a'u llestri coed am
rai pewter neu arian. O'r pryd hwn y cododd
y syniad uchel ag sydd yn awr yn gyffredin a
neillduol i'r Saeson, o *gysur* teuluaidd. Do-
drefnid y tai yn gyfleus, defnyddid gobenydd-

ion plu yn lle rhai pren, a llawr-leni yn lle
gwellt a hesg. Caniateid rhyddid cydwybod i
bob dyn. Peidiodd erledigaeth grefyddol.
Yr oedd gofidiau cymdeithasol a achosid gan
grwydriaid ac ymosodwyr yn araf ddiflanu o'r
wlad. Yr oedd y trethi yn ysgafn, y tlodion
yn cael nawdd-dai i'w hymgeleddu, a'r wlad
yn cael ei llywyddu yn heddychol a sefydlog."
—*Green's History of the English People.*

Hirhoedledd a Phrotestaniaeth.

Mae Dylanwad Cymdeithasol Cristionog-
aeth Brotestanaidd yn dod i'r golwg yn y
mynegiad canlynol yn ffafr hirhoedledd dyn.
Gwnaed y mynegiad ar gais Bwrdd Iechyd
Massachusetts, gan Dr. Jarvis : " Cyn y di-
wygiad mawr crefyddol yn Ewrop, cyfartaledd
oed yn Geneva oedd 21.21 ; rhwng 1814 ac
1833, yr oedd yn 40.68. Mae cynifer yn byw
yn awr i 70 ag oedd yn byw i 40 dri chan'
mlynedd yn ol."

" Cafwyd hefyd fod yn Mhrydain wahan-
iaeth mawr yn hirhoedledd y bobl ar ol y
Diwygiad i'r hyn oedd cyn hyny. Yn 1693,
yr oedd 20,000 o'r ddau ryw yn marw dan 28
mlwydd oed ; tra yn mhen llai na chan' mlyn-
edd wedi y Diwygiad Protestanaidd, nid oedd

ond 12,188 o'r ddau ryw yn marw dan yr un oed (28)."—*Draper's Conflict Between Religion and Science.*

Mae y ffigyrau hyn yn profi yn eglur fod y grefydd Brotestanaidd yn llesol i fywyd dyn; ac felly yn fendith i gymdeithas. Gwyr y bedwaredd-ganrif-ar-bymtheg fwy am grefydd na'r holl ganrifoedd eraill i gyd. Mae mwy o garedigrwydd yn y byd yn awr nag a fu erioed o'r blaen. Mae mwy o feddwl, mwy o ddarllen, a mwy o ddeall nag fu o'r blaen. Mae menyw yn fwy gogoneddus, uchel a phwysig yn ngolwg cymdeithas yn awr nag y bu hi erioed. Y mae mwy o deuluoedd dedwydd, mwy o blant yn cael eu magu a'u meithrin fel blaguriadau tyner a gwerthfawr yn awr nag erioed. Beth sydd yn achos o'r cyflwr dymunol hwn wrth ei gydmaru â chyflwr yr amser gynt? Dylanwad Cymdeithasol Cristionogaeth Brotestanaidd. Onid yn y ganrif hon y mae Cristionogaeth yn fwyaf dylanwadol? Onid Cristionogaeth sydd yn dyrchafu y rhyw deg a'r plant? Onid egwyddorion Cristionogaeth sydd wedi effeithio, ac yn effeithio, y cyfnewidiadau dymunol a welir yn yr oes hon? Pwy feiddiai roi ateb nacaol i'r gofyniadau hyn ar ol darllen y ffeith-

iau a osodwyd ger bron yn y traethawd hwn ?
Rhaid i'r darllenydd gonest ateb y gofyniad-
au yn gadarnhaol.

Mae y dysgedig Dr. Dorchester yn ein cyn-
ysgaeddu â'r ffigyrau canlynol, y rhai ydynt
werthfawr i ddangos i ni

Gynydd Cristionogaeth.

Cyfyngwyd Cristionogaeth o'r bedwaredd neu
y bumed ganrif hyd y bymthegfed ganrif i Ew-
rop braidd yn gwbl. Nifer proffeswyr Crist-
ionogaeth yn y byd yn y drydedd ganrif oedd
5,000,000. Yn yr wythfed ganrif, rhifent
30,000,000 ; yn y ddegfed ganrif, 50,000,000 ;
yn y bymthegfed ganrif, 100,000,000 ; yn 1880,
yr oeddent yn 410,910,000. Sylwer eto ar
ddosbarthiad o'r rhai hyn : Yn 1500, yr oedd y
Pabyddion yn rhifo 80,000,000 ; eglwys Groeg,
20,000,000, a dim Protestaniaid ; a gwyr pawb
ydynt hysbys mewn hanesyddiaeth fod y byd
yn dywyll iawn yr adeg hono, a chymdeithas
yn druenus o isel. Yn 1880, yr oedd y Pab-
yddion yn rhifo 209,200,000 ; eglwys Groeg,
88,000,000 ; a'r Protestaniaid yn 113,700,000.
Saif eu cynydd er y fl. 1830 fel hyn : y Pab-
yddion, 80 y cant ; eglwys Groeg 20 y cant ; a'r
Protestaniaid 176 y cant. Gwelir wrth hyn mai

Protestaniaid sydd wedi cynyddu fwyaf o lawer; felly dyna yr elfen lywodraethol, ac iddi hi y dylid priodoli y cynydd a'r diwygiad a neillduolant oes ei theyrnasiad. Allan o'r 52,000,000 o filldiroedd petryal o arwynebedd y ddaear, y mae 32,000,000 o honynt dan lywodraethau Cristionogol, a 20,000,000 dan lywodraethau paganol, neu Fahometanaidd. Eto dosberthir y rhai hyn : Protestaniaid yn llywodraethu ar 14,500,000 o filldiroedd petryal; eglwys Groeg, ar 8,500,000 ; ac eglwys Rhufain, ar 9,500,000. Nid yw Ffrainc, Itali, a Mexico, yn y cyfrifon hyn, am eu bod mewn cyflwr trawsffurfiol.

Mewn cyfarfod cenadol yn Chicago, yn 1881, dywedodd Dr. C. H. Fowler: "Yn y pedwarugain mlynedd diweddaf, cynyddodd siaradwyr Saesoneg 337 y cant. Yn mhlith y rhai hyn, cynyddodd y Pabyddion 140 y cant; y Protestaniaid 420 y cant, a'r Rhesymolwyr lai na phum' ugain y cant." Mae y ffigyrau hyn yn cyfleu y ffeithiau canlynol : Mae Protestaniaeth yn cynyddu yn rhyfeddol iawn, yn fwy cyflym na'r iaith Saesoneg ei hunan ! mwy na thri chymaint a Phabyddiaeth ; ac nid yw cynydd Anffyddiaeth, neu Resymoliaeth, yn werth cydmariaeth. Ac eto, yn mhlith y siaradwyr Saesoneg, y mae gwybodaeth, cynydd, rhyddid, a moesoldeb, yn blodeuo fwyaf; yma hefyd y mae syniadau gwerinol yn enill tir— Prydain a'r Unol Dalaethau yn esiamplau o hyn. Ac y mae yn eglur fod Cristionogaeth a rhyddid yn sefyll yn y berthynas o achos ac effaith. Yr un modd Protestaniaeth, a gwybodaeth a chynydd cyffredinol. Mae genym awdurdod uchel Dr. M. B. Anderson, Llywydd Prif Athrofa Rochester, N. Y., dros 'ddyweyd a ganlyn: "Fel ag y mae pob cyfundrefn o gyfreithiau gwladol yn eu ffurfiad a'u tyfiant yn mabwysiadu syniadau neu gyfreithiau moesol y bobl, i'r rhai y ffurfir rheolau llywodraethol, felly y mae cyfraith gyffredin Lloegr a'r Unol Dalaethau wedi cymeryd i mewn iddi ei hun egwyddorion moesol Cristionogaeth. O ganlyniad, y gyfundrefn Gristionogol yw y ffynonell foesol o'r hon y tarddodd y rhan helaethaf o'n cyfraith gyffredin anysgrifenedig, yn ogystal a'n cyfraith ysgrifedig. Yn yr ystyr hwn, y mae Cristionogaeth yn cyfranu yn helaeth ryfeddol i'r gyfraith gyffredin; ac hefyd i'r gyfundrefn Justinaidd, a chyfundrefnau cyfreithiol yr holl fyd Cristionogol."

Yn awr, yn ngwyneb yr holl ffeithiau a

nodwyd, a'r tystiolaethau a ddyfynwyd, gwel-
ir yn amlwg fod Dylanwad Cymdeithasol Crist-
ionogaeth yn dda iawn, a helaeth iawn. Os
yw Col. Ingersoll yn gallu mawrhau dywed-
iadau paganiaid, fel y rhai canlynol: "Oni
chofiwch fod eich gweision wrth natur yn
frodyr i chwi, plant duw? Wrth ddy-
weyd eich bod wedi eu prynu, yr ydych yn
edrych i lawr ar y ddaear, ac i'r pwll, ar
ddeddf greulon dyn sydd wedi marw er's am-
ser maith; ond nid ydych yn gweled cyfreith-
iau y duwiau."—*Epictetus*.

Yr oedd Seneca yn cymell sylw at dyner-
wch troseddwyr ieuainc ac anwybodus, ac yn
dadleu dros ddefnyddio moddion cymedrol er
eu diwygio, yn hytrach na'u cosbi fel y cosb-
id eraill. Dadleuai Zeno dros ryddid per-
sonol i bob dyn; a Brahma a gefnogai y syn-
iad o un gwrthddrych addoliad i'r holl hîl
ddynol, a gosodai ei hunan allan yn dduw i
bawb. Mae Mr. Ingersoll yn gwneyd llawer
iawn o sylw a pharch o'r syniadau yna, gan
fawrhau a dyrchafu eu hawduron. Yn awr,
os ydyw y personau a'r syniadau yna yn
haeddu clod, onid yw yn deg i Grist Iesu a
Christionogaeth gael clod am ddweyd a dysgu
yr holl bethau yna, a llawer mwy, er lles a
dyrchafiad dynoliaeth?

Nid yw fod eraill wedi dysgu rhai o eg-
wyddorion Cristionogaeth cyn i Crist ddyfod
i'r byd yn profi mai cynyrch y natur ddynol
ydynt. Mae pob peth da, a phob rhodd
berffaith yn dyfod oddiwrth Dad y goleuni.
Nid drwy ddadguddiad allanol yn unig y mae
Duw yn dysgu dynion, eithr hefyd drwy
natur a chydwybod. Y mae pethau da y pag-
aniaid yn bethau deilliedig o ewyllys yr An-
feidrol. Mae Crist yn dysgu rhyddid, a daeth
i ryddhau caethion tymorol ac ysbrydol. Mae
Cristionogaeth yn gweithio yn llwyddianus
dros ryddid, fel ag yr ydym eisoes wedi dang-
os. Mae Crist yn ewyllysio diwygio trosedd-
wyr yn hytrach na'u cosbi; ac y mae wedi
marw dros bawb, " fel na choller pwy bynag a
gredo ynddo ef, ond caffael o hono fywyd tra-
gywyddol;" mae wedi gorchymyn myned i'r
holl fyd, a dysgu yr holl genedloedd.

Nid oes un egwyddor dda, un rhinwedd ym-
arferol, nac un syniad dyrchafol wedi dod o
enau dyn erioed nad yw yn cael ei chynwys
yn lleferydd yr Hwn na lefarodd neb erioed
fel efe. Felly, paham y dirmygir Cristionog-
aeth, a hithau yn cefnogi mor wresog a budd-
ugoliaethus y syniadau a brisir mor fawr hyd
yn nod gan Mr. Ingersoll, ei gelyn ? Mae

Cristionogaeth yn dysgu dynion i barchu hen-
aint, ac i ddarparu nawdd-dai i'r tlawd, yr
amddifad, y methedig, a'r claf.

Ni ddarfu i un o'r miloedd cyfoethogion yn
Rhufain erioed sefydlu cartref i'r hen, a'r
tlawd, neu feddygdy i'r claf, er fod heidiau
o'r creaduriaid angenus hyn mewn angen lle-
oedd o'r fath yno. Ystyriai hyd yn nod yr
Iuddewon yn amser Crist, dlodi yn arwydd o
gosb am bechod personol. Ond y mae Crist-
ionogaeth yn mhob gwlad o'i heiddo yn codi
elusendai, meddyg-dai, a phob math o nawdd-
dai i gyfarfod âg angen yr hen a'r methedig,
y tlawd a'r anafus, y mud a'r byddar, heb
anghofio y gwallgof-ddyn.

Gofynwyd i Col. Ingersoll nodi allan un
sefydliad addysg neu elusengar o unrhyw
fath ag oedd wedi cael ei sefydlu, neu yn
cael ei gynal gan anffyddwyr America.
Ond methodd ag enwi cymaint ag un! Er
hyny, y mae canoedd o sefydliadau o'r fath
wedi cael eu sefydlu yn ein gwlad yn y can'
mlynedd diweddaf, ond oll gan gefnogwyr
Cristionogaeth. "Wrth eu ffrwythau yr ad-
nabyddwch hwynt." Pe buasai cymdeithas
yn gorfod ymddibynu ar ddylanwad anffydd-
iaeth a rhyddfeddyliaeth, beth fuasai ei chyf-

lwr? Beth ddelasai o'r hen a'r methedig, y claf
a'r anafus? Buasent yn awr fel ag yr oedd-
ent yn yr amser gynt yn cael eu taflu naill
ochr i farw, neu eu gadael fel y dyn hwnw
wrth lyn Bethesda, yr hwn a fu yno am flyn-
yddoedd lawer heb neb yn tosturio wrtho i'w
fwrw i'r llyn i gael gwellhad !

Yn awr, os yw deddf Y trechaf treisied,
Survival of the fittest, yn wirionedd, fel yr
ymddengys ei bod i raddau pell, mae y ffeith-
iau blaenorol yn awgrymu llawer iawn am
gryfder a chyfaddasrwydd Cristionogaeth i'r
teulu dynol. Os mai y lleiaf ei nerth a'r un an-
nghyfaddasaf i fod, sydd yn cael ei orchfygu gan
y mwyaf ei rym a'r cyfaddasaf i fyw, sicr yw
fod Dylanwad Cymdeithasol Cristionogaeth
yn fawr a chyfaddas iawn i'n cyflwr ar y
ddaear. Hefyd os yw deddf " Pob peth a
gynyrcha ei ryw," ac a ddwg bob peth i'w
ffurf ei hun, yn gywir, fel y mae yr haul yn
boeth ac yn peri i'r hyn y daw ei ddylanwad
i gysylltiad ag ef i gyfranogi o'r un elfen ac
ansawdd boeth ; hefyd oerfel rhewllyd yn
effeithio i ddwyn pob peth y dylanwada arno
i'w ansawdd oer a rhewllyd ei hun ; os yw y
ddeddf hon yn gweithredu mewn cymdeithas,
rhaid fod Dylanwad Cymdeithasol Cristionog-

aeth yn enill y byd i'w ffurf a'i ansawdd ei hun, o herwydd "y mae pren da yn dwyn ffrwythau da." Felly y mae "Pren y bywyd" yn dwyn y ffrwyth o fywyd i'r byd.

Os nad yw Cristionogaeth yn ddrwg, nis gall ei dylanwad fod yn ddrwg; os yw hi yn dda, mae ei dylanwad yn dda. Mae hanes cenedloedd a gwledydd yn profi fod egwyddorion Cristionogaeth yn "had da," yr hwn a daflwyd i'r ddaear gymdeithasol yn mhregethiad o'r efengyl i'r holl genedloedd. Ac efe sydd yn achos o'r cynyrch gwybodaethol a ddilyna ei blaniad yn mhob gwlad. Ymddengys i mi fod dysgu yr holl genedloedd i gadw pob peth a orchymynodd Iesu, yn osodiad hadau yn y meddwl dynol ag ydynt yn tyfu yn gynhauaf toreithiog o foesoldeb aruchel, rhinweddau urddasol, tueddion rhyddfrydig, gwybodaeth eang, ac addoliad gwirioneddol i'r unig wir a'r bywiol Dduw.

14

PENNOD VIII.

Y modd y mae Dadblygu Dylanwad Cym-deithasol Cristionogaeth.

Y mae darpariadau yn y grefydd Ddwyfol hon er ei llwyddiant. Nodwn ychydig o beth-au buddiol.

Dysgu yr Egwyddorion.

Rhaid gwneyd egwyddorion pur Cristionog-aeth yn adnabyddus a dealledig i'r byd. Mae hyn yn ddyledswydd arbenigol ar bob Crist-ion; ac y mae miloedd yn ei deimlo yn ddy-ledswydd ac yn anrhydedd i gael gweithredu i'r amcan bendigedig hwn, gyda a thrwy y cymdeithasau cenadol. "Ewch i'r holl fyd a phregethwch yr efengyl i bob creadur." Marc 16 : 15. "Ewch, gan hyny, a dysgwch yr holl genedloedd." Math. 28 : 19. "Ffydd sydd drwy glywed, a chlywed trwy Air Duw." Rhuf. 10 : 17. Felly dymuniad a gorchymyn Cristionogaeth yw rhoi gwybodaeth o honi fel y mae i bawb o bobl y byd.

Byw Cristionogaeth.

Ond y mae ffordd fwy effeithiol, a chadarn-ach tystiolaeth na dysgu yr egwyddorion i er-

aill, i gael rhan bwysig yn nadblygiad Dylan-
wad Cristionogaeth. Y mae gweithredoedd
yn llefaru yn uwch na geiriau. At hyn y cyf-
eiria yr Athraw pan yn dyweyd wrth ei ddysg-
yblion, "Chwi yw halen y ddaear; eithr o diflas-
odd yr halen, â pha beth yr helltir ef? ni thal
efe mwy ddim ond i'w fwrw allan, a'i sathru
gan ddynion." "Chwi yw goleuni y byd.
Dinas a osodir ar fryn, ni ellir ei chuddio.
Ac ni oleuant ganwyll i'w dodi dan lestr, ond
mewn canwyllbren, a hi a oleua i bawb sydd yn
y ty. Llewyrched felly eich goleuni ger bron
dynion, fel y gwelont eich gweithredoedd da
chwi, ac y gogoneddont eich Tad yr hwn sydd
yn y nefoedd." Math. 5: 13—17. Eto, " Er
nad ydych yn credu i mi, credwch y gweith-
redoedd." Ioan 10: 38.

Ni ellir gosod gormod o bwys ar allu byw-
yd y credadyn yn ei ddylanwad ar y byd. Y
mae ymarweddiad y Cristion yn mhob oes o'i
eiddo wedi cael ei gyfrif y dystiolaeth allu-
ocaf i wirionedd yr efengyl, a gall yn awr fod
yn effeithiol lle y metha pob moddion arall.

Dywed Neander: "Eglurwyd y gallu dwyf-
ol hwn o eiddo yr efengyl i'r paganiaid yn
mywyd ac ymarweddiad y Cristionogion, y
rhai a ddangosent rinweddau yr hwn a'u

galwodd o dywyllwch i'w ryfeddol oleuni ef, y rhai a rodient fel plant Duw yn mhlith cenedlaeth drofaus, yn mysg y rhai y llewyrchent fel goleuadau yn y byd. Yr oedd cyhoeddiad fel hyn o'r efengyl, drwy fywyd, yn gweithio yn fwy effeithiol na chyhoeddiad drwy bregethiad y gair."

Dywedai Tertullian wrth y paganiaid : " Y mae llawer yn eich plith yn cymell eraill i ddyoddef poen a marwolaeth, sef dynion fel Cicero, Seneca, a Diogenes ; er hyny, nid yw eu geiriau yn cael cynifer o ddysgyblion ag y ca y Cristionogion, y rhai a ddysgant drwy weithredoedd."

Cawn Justin Martyr yn dyweyd : "Pan oeddwn yn efrydu athrawiaeth Plato, ac y clywais y Cristionogion yn cael eu henllibio, ond yn dyoddef pob peth ag sydd a dychryn ynddo, ac hyd yn nod angeu ei hun, yna bernais ei fod yn anmhosibl iddynt fyw mewn drygioni ac anlladrwydd."

Y mae yr enwog Dr. Christlieb yn awdwr i'r syniadau hyn : "Tra y byddom ni yn ddiffygiol mewn bywyd moesol, Cristionogol, ac ysbrydol, ni bydd amheuwyr a gwawdwyr yn brin, i wadu a diraddio ein ffydd. Yn erbyn y fath wrthwynebwyr, yr ymresymiad

cadarnaf, a mwyaf tebyg o gario argraff argy-
hoeddiadol yw, bywyd moesol ac ymarferol y
Cristionogion yn profi ynom a thrwom rym ei
adgyfodiad ef."—*Modern Doubt.*

Cawn hanes am genadon yr efengyl yn teith-
io drwy ranau o China, lle yr oedd newyn du;
aent a bwyd i'r dyoddefwyr. Pan welodd y
Chineaid yr hunan-aberthiad yma, daethant i
goleddu meddyliau ffafriol iawn am y cenad-
on, wrth eu cydmaru a'u hathrawon hwy. Bu
hyn yn foddion i arwain y bobl yn eu rhan-
barth hwy i gysegru eu teml i Dduw y Crist-
ionogion; ac ar ol dinystrio eu delwau, rhodd-
asant weithred (*deed*) i'r cenadon yn tros-
glwyddo y deml yn gyfreithiol yn addoldy
Cristionogol am byth.—*Am. Add. to Cham.
Enc., Vol. III.,* 710.

Dylanwad Argyhoeddiad Llwyr—Cydwybod yn Gweithio.

Os ydys am i Gristionogaeth gario dylan-
wad ar gymdeithas, dylid *traethu* ac *arferyd*
ei dysgeidiaeth yn *gydwybodol*—traethu a byw
am ein bod yn llwyr argyhoeddedig o wirion-
edd y mater: "Credais, *am hyny* y lleferais."

Cawn fod athronwyr yn amser Crist yn
llawn amheuaeth o'r gyfundrefn a ddysgent,

ac ni allent guddio eu hamheuaeth. Yr oedd
y dewiniaid yn methu dal wrth ymholi â'r ar·
wyddion, a'u hegluro, heb chwerthin yn ngwyn-
ebau eu gilydd, a thrwy hyny nid oedd ond
gobaith gwan yn aros i grefydd gyffredin
Rhufain fyw yn hir. Mae eisiau i Gristion·
ogion ddangos eu hargyhoeddiad yn eu sêl a'u
brwdfrydedd. Dylid dyfod â difrifoldeb a
brwdfrydedd yr *actor* i'r pwlpud ; cyfleu pob
syniad fel pe y gwirionedd pwysicaf, a'r weith-
red olaf o'n heiddo yn myned i dragywyddol·
deb.

Ymlynu wrth y Gwirionedd.

Gwirionedd yw Cristionogaeth ; ac i'r dyben
o ddwyn y gwirionedd yma i gael ei deimlo
yn allu trawsffurfiol, rhaid chwilio yn ddyfal
am dano, gan ymwrthod â phob peth dynol
a gysylltir ag ef. Glynu wrth y gwirionedd er
gorfod newid barn a'r dull o osod y gwirion-
edd allan ; cymeryd pob gwirionedd yn y gol-
eu egluraf. Rhaid colli llawer o hen syniad-
au a dderbyniwyd oddiwrth y tadau i'r dyben
o fod yn fwy cyson â dysgeidiaeth bur y Tes-
tament Newydd. Mae hen chwedl yn rhedeg
yn debyg i hyn : "Torodd tân allan mewn
gwinllan. Gofidiai y bobl yn fawr. Ond wedi

i'r gwinwydd gael eu llosgi, gwelwyd fod y
tân wedi bod yn foddion i ddangos gwythien-
au cyfoethog o arian yn y creigiau lle y tyfai
y gwinwydd. Mae beirniadaeth deg yn llosgi
ymaith draddodiodau a hen gredoau crefydd-
ol, ond wrth hyny yn dadblygu gwythien-
au euraidd y nef—·gwirioneddau gwerthfawr
Cristionogaeth, oeddent yn gorwedd yn gudd-
iedig pan ffurfiwyd y credoau hyn.

Boed Duw yn rhwydd i Gristionogaeth bur,
a choroner ei hymdrech â llwyddiant cyffred-
inol yn ein byd, ac yna bydd cymdeithas yn
baradwys, a'i deiliaid oll yn ddedwydd.

DIWEDD.